U0788096

中国文化史知识丛书

中国的诗词曲赋

修订版

刘耕路 著

商务印书馆国际有限公司

中国·北京

图书在版编目（CIP）数据

中国的诗词曲赋 / 刘耕路著 . — 修订版 . — 北京 ：商务印书馆国际有限公司，2024.5
（中国文化史知识丛书）
ISBN 978-7-5176-1063-2

Ⅰ . ①中…　Ⅱ . ①刘…　Ⅲ . ①中国文学—古典文学研究　Ⅳ . ① I206.2

中国国家版本馆 CIP 数据核字（2024）第 065029 号

ZHONGGUO DE SHICIQUFU
中国的诗词曲赋（修订版）

著　　者　刘耕路
出版发行　商务印书馆国际有限公司
地　　址　北京市朝阳区吉庆里 14 号楼
　　　　　　佳汇国际中心 A 座 12 层
邮　　编　100020
电　　话　010-65592876（编校部）
　　　　　　010-65598498（市场营销部）
网　　址　www.cpi1993.com
印　　刷　三河市紫恒印装有限公司
开　　本　787mm × 1092mm　1/32
字　　数　122 千字
印　　张　6.5
版　　次　2024 年 5 月第 1 版第 1 次印刷
书　　号　ISBN 978-7-5176-1063-2
定　　价　28.00 元

版权所有 · 违者必究
如有印装质量问题，请与我公司联系调换。

目　录

走进诗的世界

某年八月乘火车经过湖南，暑气蒸腾，尽管所有的车窗都敞开着，还是闷热难当。清晨，朦朦胧胧从睡梦中醒来，忽听隔壁卧铺上传来一个奶声奶气的声音：

春眠不觉晓，处处闻啼鸟。
夜来风雨声，花落知多少？

声音是那么娇嫩、清晰，我听后像喝了一杯清凉饮料，顿时心旷神怡。起来寻声找去，原来是一个坐在外婆怀里玩弄熊猫玩具的小女孩念的，问年龄，才一岁零八个月。由于苦热，孩子有点憔悴，但她那一双黝黑发亮的眼睛依然活泼生神。在我的要求下，她的外婆又引逗她接连背诵了六七首唐代绝句，我感到十分快乐和惊异。这是一个智力发展很早的孩子，虽然她还不能完全理解这些诗句，但在她小小心灵里已点下了诗的种子。

说来也真是巧，和她的外婆聊起来才知道，我们竟然是同乡，再聊下去又发现我们居然还是少年时代的上下班同学。在这远离故土数千里外的旅途上邂逅相遇，话题自然离不开对故乡生活的回忆。我的童年是在一个极为偏僻的小村落里度过的，父亲是个读过私塾的识字人。在我五六岁时，父亲教我念的第一首诗，也是这首“春眠不觉晓”。在风雪弥天的冬夜，守着小火盆烧土豆吃的同时，有口无心地背诵几首唐诗，居然也能使父母布满皱纹的脸上绽出一丝笑容。

现在的父母都极重视孩子的教育，四五岁的孩子背诵许多首诗不算稀奇。孩子们学的第一首诗，大约都是唐代诗人孟浩然那首《春晓》，因为它是旧时代启蒙读物《千家诗》中五言绝句的第一首。历史上第一个编《千家诗》的是南宋诗人刘克庄。七百多年来，这本启蒙读物几次重编，无数次印刷，被一代又一代人传诵，引导人们走进诗的世界，培养了人们对诗歌的爱好，其中一部分人还成为诗人。

世界上每个国家和民族都有自己独具特色的诗歌，都有自己民族喜爱的诗人。但就诗歌在民间普及的程度说，我们中华民族可能是首屈一指的。前面说到的那个小女孩出生才二十个月，就学会念若干首诗，这在世界上其他国家怕是不多见的。从通都大邑到穷乡僻壤，自古至今有多少人代代诵读着祖先留下来的各类诗歌，这是无法统计的。李白、杜甫等伟大诗人在中国是妇孺皆知的人物，这说明我们中华民族是个特别喜爱诗歌的民族，中国是个诗歌的国度。

在中国，不仅读诗的人多，写诗的人也特别多。历史上，上起帝王将相，下至平民百姓，旁及三教九流，都有许多人作诗。中国几千年文明史创造了光辉灿烂的文化，留下了丰富的文化遗产，其中诗歌遗产是最为绚丽多彩的一项。

两千五百年前的伟大思想家、教育家孔子就特别重视诗歌。他对儿子孔鲤说："不学诗，无以言。"（《论语·季氏》）就是说，你不会诵读诗歌（指《诗经》），就不能增加你讲话的说服力和感染力。他还对学生说："小子何莫学夫诗？诗，可以兴，可以观，可以群，可以怨。"（《论语·阳货》）用现在的话说就是："你为什么不学诗呀？诗歌可以使人振奋，可以通过它观察社会，可以使人团结，可以用它表示批评和不满。"孔子曾用《诗经》做教材教育他的学生。因为他被尊为圣人，他的话对后世影响极大。在封建社会，诗歌成为文学的正宗，这和孔子的教导也很有关系。

人们在愉悦、愤怒、悲哀、欢乐、憎恨、喜爱、期望等感情发展到极点时，常常要作诗，其中作得好的，便传诵开来，流传下来。比如，汉代的刘邦经过多年出生入死的征战，终于扫平天下，做了皇帝，踌躇满志地回到他的故乡沛（在今江苏省），和家乡父老开联欢会，酒酣气振时作了一首诗：

大风起兮云飞扬，
威加海内兮归故乡，

安得猛士兮守四方。

先是他自己独唱，又让一百二十个家乡青年跟着唱，大合唱使联欢气氛达到高潮。刘邦作的诗也许不止三句，但流传下来的就是这三句。这三句诗准确地表达了刘邦当皇帝后的得意心情以及对未来国家安定的忧虑，写得昂扬豪迈，气魄宏大，确有开国帝王气象。刘邦的对手项羽也作过诗，那是他被汉军重重围困在垓下（在今安徽省），败局已无可挽回，同他的美人虞姬饮酒诀别时作的：

力拔山兮气盖世，
时不利兮骓（zhuī）不逝。
骓不逝兮可奈何，
虞兮虞兮奈若何！

这是英雄末路时的慷慨悲歌。他再也不能骑着他的乌骓马驰骋天下，只有对着他的美人徒叹奈何了。

史书《左传》记载：公元前607年宋国和郑国交兵，宋国大败。郑国俘获了460辆战车和250人，并俘虏了将领华元。宋国正准备用兵车和战马赎回华元，华元却自己逃跑回来了。后来宋国修筑城墙，华元前去视察，被筑城的民夫看见，便唱歌嘲笑他：

睅（hàn）其目，皤（pó）其腹，
弃甲而复。
于思，于思，
弃甲复来！

华元长相有特点：金鱼眼，体肥肚子大，又长着浓密的络腮胡子。这首歌唱的是："瞪着大眼睛，腆着大肚子，丢弃铠甲逃回来。大胡子呀大胡子，丢弃铠甲逃回来！"华元听了不好意思，就让他手下的人唱着回答：

牛则有皮，
犀兕（sì）尚多，
弃甲则那？

这是说："牛有皮革，犀牛和野牛更多（它们的皮可做铠甲），丢弃铠甲有什么要紧！"为自己解嘲。筑城民夫听了又唱：

从其有皮，
丹漆若何？

民夫们说："纵使犀牛和野牛的皮很多，可是油铠甲用的红漆到哪里去找呢？”华元听了再也答不上来，就对手下人说：“他们人多，辩论不过他们，快走！”狼狈地溜掉了。民夫们唱的词，就是即兴创作的诗歌，用当时的语音唱是押韵的，非常幽默风趣，表现了群众的智慧。

诗是什么？诗是人们表达思想感情的一种方式。中国最古的典籍之一《尚书》里说：“诗言志。”说诗是思想感情的表达。汉代卫宏为《诗经》作的序中说：

诗者，志之所之也。在心为志，发言为诗。

诗为表达思想感情而作，未表达时是内在的思想感情，用语言（诗的语言）表达出来就成了诗。此外，像《庄子》里说的“诗以道志”，《荀子》里说的“诗言是其志也”，都是这个意思。但这不是说无论什么思想感情或随便怎样表达出来都是诗。古人说：

情欲信，辞欲巧。

即思想感情要真挚，用来表达的语言要巧妙。这话出自《礼记》，据说是孔子说的，本来是讲人的道德修养，后来常被用来说明诗文的内容与形式的关系。情不信，不能动人；辞不巧，不能给人以美感。前面提到的刘邦、项羽等人都不是职业诗人，他们的诗都是即兴之作，显得率直和粗糙。后世许多诗人拼尽一生心力作诗，把诗视为自己的生命，写下大量既有丰富思想内容，又有高超艺术技巧的诗篇。下面让我们共同来欣赏唐代诗人李白、杜甫的两首名诗。先看李白的《渡荆门送别》：

渡远荆门外，来从楚国游。
山随平野尽，江入大荒流。
月下飞天镜，云生结海楼。
仍怜故乡水，万里送行舟。

这是李白青年时第一次离开家乡四川，坐船过三峡到湖北荆门山时作的。诗中说：离开巴蜀来到远方的荆门，游历古代著名的楚国故地。船出三峡后，眼前豁然开朗，展现出一片旷野，身后险峻的山势突然中断；壮阔的长江劈开荒野向天际滚滚流去。夜晚，皎洁的月亮像一面光亮的明镜飞悬在天空，飘浮不定的游云变幻出海市蜃楼般的美景。在这异乡的陌生环境中，仍有从故乡蜀地流来的江水，不辞万里托着行舟，依依有情地把游子送到远方。诗题是“送别”，最后两句就是送别的话，被故乡江水送的人正是诗人自己。诗中流露出对故乡的怀恋，也表现了大胆的构思和倜傥不群的个性。李白正当青年，满腹经纶，胸怀壮志，仗剑去国，要到广阔的天地中去干一番大事业，所以诗中表现出开朗豪迈的情绪。而杜甫的名篇《旅夜书怀》则表现了另一种情怀：

细草微风岸，危樯独夜舟。
星垂平野阔，月涌大江流。
名岂文章著？官应老病休。
飘飘何所似？天地一沙鸥。

这是杜甫晚年离开侨居的成都，乘船东下，在流浪生活中写的。诗人在船中看到：岸上微风吹拂着柔嫩的绿草，恬静而安详；入夜后，高高的桅杆耸入天空，左右不见邻舟和人烟，寂寞而又孤独。平坦的原野尽头繁星闪烁，天地间是那么苍茫辽阔；月影倒映江中，随着波浪上下沉浮。这时诗人涌起身世之感：尽管自己一生写过许多诗文，耗尽心血，可是并未因此增加什么声望；在官场倾轧中自己不适应，只好以年老多病为由辞去了官职（他刚刚辞去剑南节度使署参谋之职）。生活无着，重新流浪，这种漂泊无定的生活有什么可以比喻呢？恰似一只孤独无侣的鸥鸟在天地间四处飘飞。李、杜这两首用的是同一个韵，其中第三、四两句又极相似，都写得挺拔劲健，气势干云，都是唐诗中的名句。这种诗歌样式被称作五言律诗，此外还有七言律诗、五言绝句、七言绝句、古体诗、乐府诗等样式。为了学习古典诗歌，继承这份文学遗产，首先应对中国诗歌发展源流有个整体的了解，下面我们对此做个概要的阐述。

诗的起源和《诗经》

在所有的文学样式中，诗歌是起源最早、历史最久的一种样式。散文、小说等文学作品要靠文字记录才能流传。而最早的诗歌是人们的口头创作，靠口耳流传，可以不依赖文字。像《左传》所记的宋国筑城民夫们讽刺华元的诗，就是口头创作，那些民夫都是一个大字不识的。当然，这还不是最早的诗歌，最早的诗歌可以追溯到原始社会。诗歌的起源和劳动有关系。西汉时代的典籍《淮南子·道应训》里有这样的记载：

> 今夫举大木者，前呼“邪许”，后亦应之，此举重劝力之歌也。

许多人一起抬大木头，用喊号子协调大家的步伐，鼓励大家出力，号子很有节奏。如果在号子中加进一些有内容和有趣的话，那就是原始诗歌了。鲁迅曾把这种喊着“杭育杭育”声音的劳动号子称作最早的诗歌，并风趣地说这就是“杭育杭育”派。此外，诗歌的起源还同宗教和娱乐有关系。古书《吕氏春秋·古乐篇》记载：

> 昔葛天氏之乐，三人操牛尾，投足以歌八阕。

葛天氏是传说中的古代部落。他们的宗教兼娱乐活动，是由三个人拿着牛尾巴，边跳舞，边唱歌，歌辞有八段。歌辞没有流传下来，但从同书所记的《玄鸟》《遂草木》《奋五谷》等题目推测，内容大约是有关图腾崇拜、神话传说和农业生产的。古代有“玄鸟生商”的说法，商民族奉“玄鸟”（燕子）为图腾，这里的“玄鸟”可能也是类似的神话传说。“草木”“五谷”显然是有关牧业和农业的事。这些歌辞就是原始的诗歌，不过它们不是独立存在，而是和音乐、舞蹈结合在一起的。这种情形从现在世界上某些原始民族中仍可看到。诗歌首先和舞蹈脱离，后来又渐渐脱离曲调，成为朗诵和阅读的诗歌，但仍保留着音乐性，即有节奏和韵律。诗又称“诗歌”，就说明了它与音乐的关系。

中国最早的诗歌起源于何时以及是什么样子，由于根据不足，已经说不很清楚了。东汉时代的《吴越春秋》记载了一首远古时的歌谣：

断竹，续竹，飞土，逐宍。

“宍”即是“肉”字。它大意说：把竹子砍下来做成弹弓，用它把泥制的弹丸发射出去猎获禽兽。传说这是黄帝时代的歌谣，但无法证明。它来源很古，是可信的。此外古籍中还有一些古歌谣的零篇碎句，真伪难辨，研究价值不大。幸运的是早在公元前6世纪，我国就编成了第一部诗歌总集《诗经》，对后代诗歌发展产生巨大影响，它实际上是中国诗歌的源头。

《诗经》成书的时间约在春秋中叶，它包括了从西周初年（公元前11世纪）到春秋中叶（公元前6世纪）约五百年间的305首诗歌。这些诗主要产生于黄河、长江和汉水流域，包括今天的山东、河南、安徽、河北、山西、陕西、甘肃及湖北北部地区。

《诗经》分为《风》《雅》《颂》三大部分。《风》包括160首诗，《雅》包括105首诗，《颂》包括40首诗。这三部分无论内容、形式和风格都有不同，文学价值也有高低之别。下面分类简介一下。

风诗

风诗也叫国风。“风”的意思是民间曲调，“风诗”就是各地的民歌。风诗下面又分：周南、召南、邶（bèi）、鄘（yōng）、卫、王、郑、齐、魏、唐、秦、陈、桧、曹、豳（bīn）等十五国风，即分属这些地域的民歌。国风是下层人民的集体创作，“饥者歌其食，劳者歌其事”（何休《公羊传解诂》），直接反映了人民生活和喜怒哀乐的感情，语言生动，形式活泼，文学价值很高，是《诗经》中的精华部分。按其思想内容，又可将它分为三小类。

反映恋爱和婚姻生活的诗

爱情和婚姻是人类生活的重要内容之一，最易发生种种纠葛，引起感情波澜，《国风》中这类诗最多。如《卫风 · 木瓜》（诗句后面是今译文字，下同）：

投我以木瓜，	你送我一只木瓜，
报之以琼琚。	我赠你一块佩玉。
匪（同“非”）报也，	不是简单地报答呀，
永以为好也。	是为了永远相爱呀。

这同现在一些民族的青年男女互相赠送私物以表示爱情的情景十分相像。又如《召南 · 野有死麕（jūn）》：

野有死麕，	在田野猎获一只香獐，
白茅包之。	用白茅草把它包起来。
有女怀春，	有个姑娘想出嫁，

吉士诱之。	小伙向她去求爱。

林有朴樕（sù），	林中长满小树，
野有死鹿。	田野有只死鹿。
白茅纯束，	用白茅草把它捆起来，
有女如玉。	美丽的姑娘招人爱。

舒而脱（tuì）脱兮，	从容地悄悄地来吧，
无感我帨（shuì）兮，	不要扯动我的佩巾，
无使尨（máng）也吠。	别让你那长毛狗乱叫。

年轻的猎手猎获一只鹿，这是能干的表现，很容易博得女孩子的倾慕。女孩子显然接受了青年的求爱，但警告他要规矩些，别莽撞，别让狗叫，以免引起旁人的注意，表现了女孩子初恋时的羞涩和细心。《诗经》中还有的诗写了失恋的感情，如《郑风·狡童》：

彼狡童兮，	那个狡黠的冤家呀，
不与我言兮。	不再同我说话啦。
维子之故，	就是因为你的缘故，
使我不能餐兮。	害得我饭都吃不下啦。

彼狡童兮，	那个狡黠的冤家呀，
不与我食兮。	不再同我吃饭啦。
维子之故，	就是因为你的缘故，
使我不能息兮。	害得我觉都睡不着啦。

两个人不知为了什么闹了别扭，男的赌气不理姑娘，她便着了急。诗用姑娘的口气，依恋、疼爱的感情溢于言表。婚姻悲剧，古人也有，《卫风·氓》就写了这个内容。诗中写了一个姑娘轻信了一个男人的求爱，婚后被抛弃，诗中第三段写了女子被遗弃后的内心痛苦：

桑之未落，	桑树没有落叶时，
其叶沃若。	它的叶子多新鲜。
于嗟鸠兮，	唉呀那些斑鸠呀，
无食桑葚；	千万不要吃桑葚；
于嗟女兮，	唉呀那些女孩呀，
无与士耽。	千万不要恋男人。
士之耽兮，	男人要是恋女人，
犹可说（tuō，脱义）也；	随时都可摆脱她；
女之耽兮，	女人要是恋男人，
不可说也。	想要脱离就难啦。

接下去叙述这个女人嫁到男家，起早睡晚劳苦三年，待到生活好转时，男的把她抛弃了。诗中把这个女人矛盾、怨恨而又无可奈何的心情表现得淋漓尽致。

反映劳苦百姓生活和感情的诗

《豳风·七月》是这类诗的代表，它叙述了农民们从春耕到采桑、狩猎、秋收、过冬等全年的劳动生活，全诗充满着艰辛和酸楚的情调。诗的第一段说：

七月流火，	七月里大火星向西落，
九月授衣。	九月里发下过冬衣。
一之日觱（bì）发，	冬月里寒风噼叭响，
二之日栗烈。	腊月冻得人打战栗。
无衣无褐，	可怜没有衣服穿，
何以卒岁！	这年末的日子怎过去！
三之日于耜，	正月里开始备农具，
四之日举趾，	二月里抬脚去下地，
同我妇子，	老婆孩子一齐忙，
馌（yè）彼南亩。	送饭到南边田地里。
田畯（jùn）至喜。	田官看见很欢喜。

诗中季节的称呼用的是古代的豳历：一之日相当于夏历

十一月，二之日相当于夏历十二月，三之日相当于夏历正月，四之日相当于夏历二月，译文本此。田畯是监督农民劳动的官吏，可见劳动是被迫的。全诗共八段，描绘出古代农民一年的生活画面。另一些诗，如《魏风》中的《伐檀》《硕鼠》等篇，直接斥骂剥削者是“白吃饱”，是“大老鼠”，发出反抗的呼声。

讽刺统治者腐朽生活的诗

如《鄘风·墙有茨》：

墙有茨，	墙上的蒺藜，
不可埽（sǎo）也。	扫不掉呀。
中冓（gòu）之言，	宫中的传言，
不可道也。	没法说呀。
所可道也，	若是说出来呀，
言之丑也。	那可真是丑死啦。

据说这首诗是讽刺春秋时卫宣公家族乱伦丑事的。卫宣公为他的儿子从齐国娶来一个女人，看到她长得美，便据为己有，这就是宣姜。卫宣公死后，宣姜又与卫宣公的庶子私通，生了五个孩子，这首诗就是讽刺这件事的（事见《左传》闵公二年）。这首诗是否就是为卫宣公家

族作的，现在无从断定，但它斥骂统治者的糜烂生活这一点是勿庸置疑的，这类丑事无代无之。《鄘风·相鼠》一诗骂统治者：“相鼠有皮，人而无仪。人而无仪，不死何为！”看那老鼠还有张皮，而有人却没有道德，这种人还不如死了好！

雅诗

雅诗多为反映贵族阶级生活和思想感情的作品。其中又有《大雅》和《小雅》之分。《大雅》多为西周早期的诗，《小雅》多为西周晚期至春秋时的诗。《大雅》多为赞美诗，赞颂统治阶级的奢华生活；《小雅》多为怨刺诗，表达下层贵族牢骚不平的情绪。从风格上说，《大雅》雍容典雅，诗味不浓；《小雅》生动活泼，艺术价值较高。如《小雅》中的《采薇》一篇，向来被称道，它写了一个人出征同猃狁（xiǎn yǔn）（即后世的匈奴）打仗，经历了长期艰苦的生活，最后回到家乡的心情：

昔我往矣，　　回想我出征的时候，

杨柳依依。　　杨柳也露出惜别的情意。
今我来思，　　现在我回来了啊，
雨雪霏霏。　　飘落的雪花铺天盖地。
行道迟迟，　　一步步走在路上，
载渴载饥。　　渴干嗓子饿扁了肚皮。
我心伤悲，　　我心里满怀悲伤，
莫知我哀。　　没有人理解我的愁绪。

这是一首很动人的抒情诗。《小雅》里的这类诗，风格上类似国风，其中有的就是民歌。

颂诗

颂就是歌颂，是国王和诸侯用于祭祀和重大典礼的乐歌。颂诗又分三部分：《周颂》31首，是周天子专用的；《鲁颂》4首，是鲁国诸侯专用的；《商颂》5首，是宋国诸侯歌颂其祖先的，因宋国是武王灭商后，由商民族建立的诸侯国，所以称商颂。颂诗是统治者的庙堂歌辞，所以都呆板平直，绝少诗味，是《诗经》中文学价值最低的部分，但有史料价值。

《诗经》在先秦时代称为“诗”，孔子称之为“诗三百”，并无“经”的名目。到汉代“独尊儒术”之后，它才被称为《诗经》，成为中国古代社会的经典之一，在当时社会文化中具有崇高的地位。隋代以后确立科举制度，《诗经》是考试内容之一，读书人都认真研究它，对它十分熟悉。《诗经》奠定了中国诗歌的现实主义传统，以后历代诗人都自觉地学习《诗经》，继承这个传统，用他们的创作去反映社会现实。如唐代的陈子昂、李白、杜甫、白居易等诗人，都积极提倡《诗经》讽喻怨刺的精神，主张用诗歌干预政治，反对为艺术而艺术，使他们的诗歌获得了不朽的价值。《诗经》的许多语汇至今仍被运用着，如“琴瑟之好”“鹊巢鸠占”“切磋琢磨”“乔迁之喜”“小心翼翼”“投桃报李”等等，可见《诗经》影响之深远。

爱国诗人屈原和楚辞

楚辞是战国后期产生于楚国的一种诗歌样式。楚国僻处南方，有着独特的地理环境和优越的自然条件，政治制度、文化传统和风俗习惯与黄河流域诸国有很大差异，因而被视为“南蛮”。到春秋时代，楚国强大起来，成为“五霸”之一；至战国时代，各国政治、文化交流频繁，楚国开始大量接受中原文化，但仍保持着自己的文化特色。楚辞便是在这样的文化土壤中诞生的诗歌体裁，其创始者就是中国历史上第一位伟大的爱国诗人屈原。

屈原

屈原（约前340—前278），名平，字原。他出身楚国贵族，年青时就表现出杰出的才能，做了楚怀王的左徒（官名），协助怀王筹划国家大事，发布政令；对外接待各国使者，处理外交事务，很得怀王信任。这样就招来一些人的妒忌。他的政敌上官大夫在怀王面前造他的谣，说屈原居功自傲，连怀王也不放在眼里，怀王就怒而疏远了屈原。

当时在战国“七雄”中，最强大的是秦、齐、楚三国，“合纵”“连横”的斗争非常激烈，最后谁能取胜，就由这三国的内政外交的得失来决定。屈原在楚国内政上主张选贤任能，励精图治，企图建立一个理想的如尧舜禹汤时代的社会；在外交上则主张联齐合纵，对抗强秦的连横。由于怀王疏远了他，屈原这些正确的主张都未能实行。怀王是个昏庸的君主，在秦惠王的离间和诱惑下，接连上当，断绝了和齐国的联盟关系，结果损兵折将，丢失土地，国势渐渐衰弱下来。秦昭王继位后，提出和楚通婚，约怀王相会，屈原极力劝阻怀王不要再上当。但怀王在其幼子子兰的怂恿下还是去了，结果遭到秦国的武力劫持，死在秦国。怀王的长子顷襄王继位，令尹子兰和上官大夫等人又在顷襄王面前构陷屈原，顷襄王一怒之下把屈原流放到江南。

屈原晚年在沅水、湘水流域长期过着流放生活，眼看祖国日益衰弱，即将被秦灭亡，自己报效君王的抱负不得施展，忧心如焚，无日可了，写了大量抒发忧愤的诗作，最后在绝望中投汨罗江自尽。

屈原留在世上的作品有《离骚》《九章》《九歌》《天问》等，《招魂》也可能是他的作品。此外，又有托名屈原的《远游》《卜居》《渔父》《大招》等篇，学者多认为是后人所作。

《离骚》

这是一篇带有自述性质的长篇抒情诗，是屈原的代表作。“离骚”就是“离忧”，抒发因离开国君和政治中心而不得实现强国救民抱负的幽愤之情。也有人把“离骚”解释作“牢骚”，也讲得通。

《离骚》全诗长达370多句，2400多字。下面分三大段概要地介绍一下它的内容。第一段一开始，就叙述了作者的家世、出生时的情况以及自己的抱负：

帝高阳之苗裔兮，朕皇考曰伯庸。摄提贞于孟陬（zōu）兮，惟庚寅吾以降。皇览揆余初度兮，肇锡余以嘉名：名余曰正则兮，字余曰灵均。纷吾既有此内美兮，又重之以脩能。扈江离与辟芷兮，纫秋兰以为佩。汩余若将不及兮，恐年岁之不吾与。朝搴（qiān）阰（pí）之木兰兮，夕揽洲之宿莽。日月忽其不淹兮，春与秋其代序。惟草木之零落兮，恐美人之迟暮。不抚壮而弃秽兮，何不改乎此度也？乘骐骥以驰骋兮，来吾导夫先路！

他认为自己是古帝高阳（又称颛顼）的后裔，血统是高贵的。父亲名叫伯庸。其父根据他生于寅月寅日的情况，为他起了美好的名字（“正则”含“平”义，“灵均”含“原”义）。他认为自己的资质是良善的，又有杰出的才能，于是用许多美好的草木（“江离”“辟芷”“秋兰”“木兰”“宿莽”等）象征自己修身洁行的品格。他深切地关心着“美人”（象征国君），希望他弃邪归正，治理好国家，屈原自己愿意作为先锋来引路。接下去，屈原揭露楚国贵族集团已极端腐败，把国家政治引向邪路。国君不仅不理解屈原，反而听信谗言疏远了他。屈原表示决不与那些奸佞之徒同流合污，而要保持高尚的节操，即便长期失意也无所谓。他说：“亦余心之所善兮，虽九死其犹未悔。”即是说，为忠于自己的理想和信念，就是遭受困厄而死去，也绝无怨悔。

在第二大段（从“女媭（xū）之婵媛兮”开始）里，屈原为开释抑闷的心怀，开始精神漫游。先是到九嶷山向古代的帝舜剖白心迹，历数历史上昏君败国的教训和圣君治国的经验，而楚国的现实使他极度失望，只有唏嘘叹息和掩涕哭泣。他在幻想中又驾着长风到了天上去晋见天帝，但被拒之门外；接着又分别去追求一些古代著名的美女，均告失败（象征寻求理解和安慰，终于没找到）。

第三大段（从“索藑（qióng）茅以筳篿（zhuān）兮”开始）里，屈原继续抒发惆怅迷茫的苦闷心情，接着又开始精神旅行。在幻想中，他乘坐着像飞龙的、用美玉和象牙做的车，向西天进发，经过许多神话中的地域，如天河、西极、流沙、赤水、不周山，以西海为目的地。声势浩大的旅行，使他得到无比快慰。然而就在他心神畅快的时候，高扬的情绪又顿时冷落下来：

> 陟（zhì）升皇之赫戏兮，忽临睨夫旧乡。仆夫悲余马怀兮，蜷局顾而不行。

在初升太阳的光辉中，诗人突然俯视到多灾多难的祖国，仆人悲哀起来，马（飞龙）也留恋地回顾不再前进。最后诗人发出这样悲愤的慨叹：

> 已矣哉！国无人莫我知兮，又何怀乎故都？既莫足与为美政兮，吾将从彭咸之所居。

楚国既然没有人能够理解我，怀恋故国又有什么意义？

屈子行吟图

自己既然无力挽回楚国的政局，那就只好效法殷代的先贤彭咸以死殉国，以死明志。《离骚》就以这样沉痛的誓言结束。

《离骚》是诞生于两千多年前的伟大抒情诗。诗人叙述了自己信而见疑、忠而见弃的遭遇，抨击了楚国统治集团的无能，抒发了自己报国无门的幽愤，表现了坚贞不屈、九死不悔的爱国精神。在这篇境界宏阔、气势奔放的诗篇中，诗人运用浪漫的手法，驰骋其无比丰富的想象力，上天入地，把现实世界、神话世界和理想世界融合起来，描绘出一个色彩斑斓、迷离惝恍（tǎng huǎng）的诗的世界；塑造出一个志行高洁、顽强不屈的抒情主人翁形象。《离骚》两千多年来教育、感奋了无数读者，陶冶了一代又一代人的思想情操，屈原也成为爱国者的榜样。

《离骚》之外，屈原的重要作品是《九章》和《九歌》。《九章》是九首各自独立的诗篇：《惜诵》《涉江》《哀郢》《抽思》《怀沙》《思美人》《惜往日》《橘颂》《悲回风》。其中《橘颂》是他早年的作品，通过歌颂橘树风格，赞美人的高贵品格，可视为诗人勉励自己的作品；其余都作于诗人流放期间，内容全为忧国伤时的抒情，比《离骚》更为凄苦和沉痛。《九歌》是屈原在楚国民间祭神乐歌的基础上改作的一组诗歌，依次是：《东皇太一》（祭天神）、《云中君》（祭云神）、《湘君》（祭湘水神）、《湘夫人》（祭湘水女神）、《大司命》（祭主管人类寿命之神）、《少司命》（祭主管儿童命运之神）、《东君》（祭太阳神）、《河伯》（祭黄河之神）、《山鬼》（祭山神）、《国殇》（祭为国捐躯的烈士）、《礼魂》（祭祀完毕的送神曲）。《九歌》写得哀婉缠绵，语言优美，文学价值很高。尤其是《国殇》，描写了万马千军厮杀的场面，形象生动，悲惨壮烈，动人心魄，是屈原爱国精神的表现。

屈原在诗歌史上的地位

齐梁时代的文学理论家刘勰评论说：“不有屈原，岂见《离骚》？惊才风逸，壮志烟高。”（《文心雕龙·辨骚》）这里说的《离骚》是“楚辞”的代词。楚辞的样式是屈原创造的，它突破了《诗经》的四言格式，扩大了诗句的容量，提高了诗歌的表现力。继屈原之后，宋玉、唐勒、景差效法屈原，从事楚辞写作；到汉代又有贾谊、淮南小山、东方朔、王褒等人继续写作，使楚辞成为一个时期诗歌的代表性体裁，后人称之为骚体诗。

屈原诗歌所表现出来的始终一贯的爱国精神和他本人的悲剧命运，感动了世世代代的读者，屈原也成为后人仰慕的伟人。司马迁被处宫刑后，发奋写作《史记》，以“屈原放逐，乃赋《离骚》”的话来激励自己，并为屈原立传，说他“虽与日月争光可也”。诗人李白赞颂“屈平词赋悬日月，楚王台榭空山丘”，楚怀王和顷襄王的遗迹已荡然无存，而屈原的诗篇却如永恒的日月朗耀在天空。唐代诗人戴叔伦路过屈原庙时写诗说：

沅湘流不尽，屈子怨何深！
日暮秋风起，萧萧枫树林。

后代文人墨客凭吊屈原的诗文不胜枚举，可见屈原精神感召力之深远。

两汉魏晋南北朝诗

两汉乐府民歌

秦始皇统一中国建立秦朝，存在的时间很短，几乎没有诗歌留下来。继秦以后的两汉（西汉、东汉）存在约四百年，留下了价值很高的诗歌遗产，首先是乐府民歌。“乐府”本来是汉武帝时建立的音乐机关，为宫廷制作乐章和训练演员，同时也采集民间歌曲供宫廷和贵族娱乐。《汉书·艺文志》里说：“自孝武立乐府而采歌谣，于是有代、赵之讴，秦、楚之风，皆感于哀乐，缘事而发，亦可以观风俗，知厚薄云。”其实当时采诗的地区不止代、赵、秦、楚四个地区，范围还要大得多。“感于哀乐，缘事而发”等话，是说这些歌谣是百姓苦乐的真实表现，都有针对性，统治者可以从中观察民情和了解政教的得失。这些民歌因乐府机关搜集整理得以保存，统称“乐府诗”。以后各代常常把入乐能唱的诗词称为“乐府”，它已不是汉代音乐机关的涵义了。

汉代乐府民歌继承了《诗经》的传统，真实地反映了社会生活，感情真挚，句式长短不一，表现手法灵活，富有艺术感染力，是古代诗歌中值得珍视的一部分。先看一首《战城南》：

战城南，死郭北，野死不葬乌可食。
为我谓乌："且为客豪！
野死谅不葬，腐肉安能去子逃。"
水深激激，蒲苇冥冥，
枭骑战斗死，驽马徘徊鸣。
梁筑室，何以南，何以北？
禾黍不获君何食？愿为忠臣安可得？
思子良臣，良臣诚可思：
朝行出攻，暮不夜归！

这是一场恶战后的战场，尸体无人掩埋，只能让乌鸦去啄食。战死的鬼魂对乌鸦说："你在吃我之前，先为我嚎（豪）叫几声，追悼一下。战死在野地不会有人来埋葬，我们的烂肉早晚是你口中餐。"战场旁湍急的流水和无边的蒲苇也都被悲怆的气氛笼罩。骏马冲锋战死，劣马徘徊鸣叫。桥（梁）上筑了工事，南北怎么通过？壮丁都战死，无人收获庄稼，人们吃什么？在战乱中想当个好百姓（良臣）也办不到。想起那些好人哪，他们实在可怜：早晨出去打仗，晚上便没有归来！在战乱不断的历史上，这首民歌具有典型意义。下面这首《悲歌》写了社会离乱给人们带来的痛苦：

悲歌可以当泣，遥望可以当归。
思念故乡，郁郁累累。

欲归家无人，欲渡河无船。
心思不能言，肠中车轮转。

歌者可能是个因出征而流落他乡的人。悲歌当泣，是因眼泪哭干了；遥望当归，是因归家不可能。乡思压心，一刻也不能摆脱。生离死别，再也见不到亲人，回家已永无可能。满怀悲愁无处诉说，腹中如有车轮碾轧，精神折磨永无休止。这首诗感情沉痛，比喻贴切，语言流畅，是极好的抒情诗。在当时遇到战乱和灾荒，百姓常常因生活不下去铤而走险。《东门行》就反映了这种情形：

出东门，不顾归；
来入门，怅欲悲：
盎中无斗米储，还视架上无悬衣。

拔剑东门去，舍中儿母牵衣啼：

“他家但愿富贵，贱妾与君共餔（bū）糜。
上用仓浪天故，下当用此黄口儿，今非！”
“咄！行，吾去为迟！白发时下难久居。”

这是一个男人当强盗前和妻子的一段对话。他要出东门干非法的事，不顾一切地走了；可是又不放心，转了回来。见到家里穷困的状况又不胜悲愤：盆中无粮可充饥，架上无衣可御寒，于是重下决心要走。孩子娘扯住他的衣裳恳切地劝他：“别人富贵我不羡慕，我情愿和你喝稀粥度日。上面看老天分上，下面可怜这些幼小的孩子，你去犯法要不得！”丈夫此时决心已定，申斥说：“咳！我走了，别误我的事！看我头上已生白发，这样的糟日子再也过不下去了！”旧时代的官逼民反，就是这样发生的。

汉乐府中还有相当精彩的爱情诗，如《上邪》：

上邪！我欲与君相知，长命无绝衰。
山无陵，江水为竭；
冬雷震震，夏雨雪；
天地合，乃敢与君绝。

这是女孩子的口气。“邪”字应读成（yé），是感叹词。

诗中说：天啊！我要和你相亲相爱，一辈子都不变心。除非高山变成平地，江水突然枯竭；冬天响起炸雷，夏天飘起大雪；天地上下闭合，爱情到那时才可断绝。这五种假设在人们经验中是永无可能的事，那么他们的爱情就永无断绝之日。这是爱到极点时说出的一堆“傻话”，傻得那么纯真，傻得那么可爱，令人拍案叫绝。再往细里想，能作出这样的妙诗，谁能比她更聪明呢？

特别值得注意的是汉代乐府民歌中出现了相当完美的叙事诗，如《陌上桑》《羽林郎》《孔雀东南飞》等。《陌上桑》塑造了一个美丽聪明的女子罗敷，诗一开头叙述了她华美的衣饰之后说：

行者见罗敷，下担捋髭须。
少年见罗敷，脱帽著帩（qiào）头。
耕者忘其犁，锄者忘其锄，
来归相怨怒，但坐观罗敷。

诗中没有直接说她的容貌多美，只说行者放下担子捋着胡须欣赏她；少年见到她，下意识地摘掉帽子又戴上。耕田的忘了犁地，锄地的忘了干活，耽误了劳动互相埋怨，都是为了看罗敷的缘故，这种烘云托月的手法用得相当高明。罗敷严辞拒绝了太守的调戏，夸奖自己丈夫的风度和才能，又表现了她的聪明和对爱情的坚贞。这首诗出现后，“罗敷”就成为聪明美丽女子的代名词。《羽林郎》叙述一个酒家侍女“胡姬”（少数民族女孩）抗拒冯子都调情的故事。“男儿爱后妇，女子重前夫。人生有新旧，贵贱不相逾！”胡姬慷慨陈辞，表现了下层妇女的气节，读后让人感到无比痛快。上述诗揭露了贵族阶级的丑恶，赞美了劳动妇女的美好情操，人物美，语言美，都是汉代民歌的名篇。我国古代最长的叙事诗《孔雀东南飞》（又名《古诗为焦仲卿妻作》），叙述了刘兰芝和焦仲卿一对年青的恩爱夫妻被迫离异和双双殉情的故事，控诉了礼教杀人的罪恶，全诗充满悲剧气氛，是乐府诗中难得的杰作。

南北朝乐府民歌

曹魏和西晋时的民歌流传下来的较少，最有特色的是东晋以后的南北朝民歌。

南朝民歌多为情歌。江南地区山清水秀，风光明媚，政治局面稳定时生活条件较优越，所以爱情诗较多。这些诗歌多为五言四句，语言柔美，构思新巧，多用谐音、双关修辞手法，是其特色。南朝民歌精华部分分两大类：一类是《吴声歌曲》，产生于今江苏南京一带；一类是《西曲歌》，产生于今湖北襄阳一带。如《吴声歌曲》中的一首：

始欲识郎时，两心望如一。
理丝入残机，何悟不成匹？

这是女孩口吻：当初和情郎相爱时，两人期望结成一对美满夫妻。然而徒然相思，机缘不巧，没想到总未如愿。“丝”谐“思”字；“残机”是残破的织布机，喻机缘不好；“匹”是布的长度单位，喻“匹配”。残机织布当然织不成匹，用谐音双关的手法叹息爱情不顺利，构思新鲜，启人联想，别有妙趣。又如：

秋风入窗里，罗帐起飘扬。
仰头看明月，寄情千里光。

渊冰厚三尺，素雪覆千里。
我心如松柏，君情复何似？

前一首说，秋风入窗，飘起罗帐，因而看到高悬天空的明月，想到远方的情人此刻或许也在望月，便如今天用通信卫星沟通信息一样，通过月亮向情人遥遥寄意，望他理解自己的思念。后一首写冬景，潭水结起厚冰，白雪覆盖大地；我的爱情如松柏经得起严寒的考验，你的感情是否也是这样？她期望对方也能坚定不移。下面两首属于《西曲歌》，是一对情人的对话：

闻欢下扬州，相送江津湾。
愿得篙橹折，交郎到头还。

篙折当更觅，橹折当更安。
各自是官人，那得到头还。

前首是女子说的。她听说情人（欢）要到扬州（今南京一带）出官差，就到江津这个地方来送行。她的祝辞不是“一路顺风”，而是希望船上篙折橹断，无法行船，教（交）情郎走不成，倒（到）转船头回来和她团聚。后一首是情人回答她的安慰话：篙折了换新的，橹折了重新安；大家都是应官差的人，哪有可能随便掉转船头回家呢？八句诗把一对情人间的柔情蜜意、难舍难分的感情全写出来。从上面几首南朝民歌中我们看到，它们一般篇幅不长，格调清新明丽，感情细腻缠绵，措辞委婉含蓄，具有独特的风韵。

和柔媚的南朝民歌相映衬的是北朝质朴豪放的民歌。北朝民歌题材较宽，除爱情外，还反映较多的社会生活，风格粗犷明快。如：

健儿须快马，快马须健儿。
跸（bì）跋黄尘下，然后别雌雄！

北方人生活中离不开马，犹如当代青年羡慕豪华轿车一样，那时的青年都渴望有匹好马。矫健的儿郎骑上快马才能显示他的骁勇，快马驮上健儿才能跑出他的威风。“跸跋”是马蹄叩击地面的声音。大家骑上马踏起一路黄尘，赛一赛谁是英雄谁是笨蛋！一个骑术优秀的青年会被人们视为英雄，也容易招来姑娘的青睐。因而北方的情歌也常和马联系起来：

腹中愁不乐，
愿作郎马鞭：
出入擐（huàn）郎臂，
蹀（dié）座郎膝边。

姑娘的苦闷显然是期望得到意中人的爱情。她情愿变成一支马鞭，什么时候都挂在情人手臂上，行和坐（座）都靠在他双膝旁边，一刻不分离。这类民间诗人的妙语，往往是文人想不出来的。北方民歌就连慨叹贫富不均的社会问题，也用马来作比喻：

快马常苦瘦，剿儿常苦贫。
黄禾起羸（léi）马，有钱始作人。

快马总被骑用，所以苦瘦；穷苦人（剿儿）常被剥削，所以贫穷。黄禾把马喂肥，马才像马；有了钱腰杆硬，别人才把你当人看。

北朝民歌特色鲜明，像那首“天苍苍，野茫茫，风吹草低见牛羊”的《敕勒歌》，一千多年来一直在广泛流传，证明了它的魅力。有名的《木兰诗》也诞生于这时，它热情歌颂了木兰这位代父从军的女英雄。木兰不一定实有其人，但同类的事在战争频繁的北方是可能有的。由于人们热爱她的品德和行为，后来又为她加个姓，叫“花木兰”，希望真有其人。木兰这位英雄形象的出现，完全是这首《木兰诗》的功劳。

两汉魏晋南北朝文人诗

先秦时代的《诗经》基本上是四言诗，到汉代才出现五言体的民歌。五言比四言音节增加，更富表现力和音乐性，一些文人便开始学习民歌作五言诗。最成熟的五言诗是出现在东汉后期的《古诗十九首》。这十九首诗，作者已不可考，也不是一人一时之作，都是抒发失意落魄情绪和鼓吹及时行乐的作品。我们看其中第六首：

涉江采芙蓉，兰泽多芳草。
采之欲遗谁？所思在远道。
还顾望旧乡，长路漫浩浩。
同心而离居，忧伤以终老。

一个流落在外的人想采集芙蓉花和兰草赠（遗）给自己思念的人，然而那人却在远隔千里的故乡，无法赠花致意。从“同心而离居”可知思念的是妻子。有家归不得，有妻亲不得，只好怀着忧伤的感情直到老死。这十九首诗吸收了《诗经》的比兴技巧，语言圆熟，流利清新，意在言外，艺术成就很高。刘勰的《文心雕龙》称它是“五言之冠冕”，即五言诗的代表作；钟嵘的《诗品》说它“一字千金”，可见人们对它的珍视。

文人诗作到东汉建安（汉献帝刘协的年号）年间出现了一次高潮，形成了以曹氏父子为核心的文人集团，写出一批内容充实的好诗。主要成员有曹操、曹丕、曹植，被称为“三曹”；还有“建安七子”，即：孔融、陈琳、王粲、徐幹、阮瑀（yǔ）、应玚（yáng）、刘桢。领袖人物曹操既是著名政治家，又是杰出诗人，他用汉代乐府旧题来作诗，表达了他远大的政治抱负，同时也相当程度地反映了社会现实。他的名诗《蒿里行》写了190年关东各郡起兵讨伐董卓的战争。各路兵马到孟津会盟，但“军合力不齐”，都惧怕董卓不敢向前，接着又闹内讧，盟军内部互相打起来，导致大乱。诗中有这样的句子：

铠甲生虮（jī）虱，万姓以死亡。
白骨露于野，千里无鸡鸣。
生民百遗一，念之断人肠！

历史上的曹操不像舞台上的是个白脸奸贼，而是个很有人情味的政治家，对民间苦难寄予了真切的同情。他的《短歌行》《观沧海》《龟虽寿》等诗，悲凉慷慨，气韵沉雄，被历来诗人所钦佩。其子曹丕文名也很大，其《燕歌行》是中国最早的一首七言诗。“三曹”中文学成就最高的是曹植。我们读他一首《泰山梁甫行》：

八方各异气，千里殊风雨。
剧哉海边民，寄身于草野。
妻子像禽兽，行止依林阻。
柴门何萧条？狐兔翔我宇。

诗中描绘了海边百姓贫苦艰辛的生活，由于贫困的折磨，女人和孩子形象如同禽兽，活动在山林中，住处荒凉萧条，狐狸兔子都跑到院中游逛。曹植留下九十多首诗作，影响很大。杜甫说“文章曹植波澜阔”。南朝诗人谢灵运曾说：天下的才华共有一石（十斗），曹植得八斗，我得一斗，其余一斗分配给古今其他人。这话当然不确，只能说明他对曹植推崇备至。

“建安七子”中成就最大的是王粲。汉末天下大乱，国都长安被董卓部将搅得混乱不堪，王粲不得不去荆州投靠刘表，途中写了有名的《七哀诗》，其中有这样的句子：

出门无所见，白骨蔽平原。
路有饥妇人，抱子弃草间。
顾闻号泣声，挥涕独不还：
“未知身死处，何能两相完！”
驱马弃之去，不忍听此言。

诗人看到的是遍地战死或饿死的骷髅，饿得要死的女人把孩子丢在草丛中，听到孩子号泣，竟然头也不回地哭着走掉，还说：“自己还不知死到哪里，怎能做到母子两全！”这是一个母亲啊！诗人也爱莫能助，赶紧驱马走开。诗人用简洁的手笔勾画出一幅战乱时代的流民图。清人方东树评价这首诗说：“苍凉悲慨，才力豪健，陈思（曹植）而下，一人而已。”（《昭昧詹言》）

“三曹”和“建安七子”的诗歌直接继承汉代乐府诗的传统，干预现实，感情炽烈，诗风质朴劲健，被后世称为“建安风骨”，成为后世诗人（特别是唐代诗人）学习的对象。

建安以后，魏晋南北朝时代出现过众多诗人，著名者如曹魏时代的阮籍、嵇康，晋代的左思、陆机、陶潜，刘宋的谢灵运、鲍照，南齐的谢朓、沈约，梁代的吴均、何逊，陈代的徐陵、庾信等等，其中影响最大的是陶潜。

陶潜，又名渊明，字元亮。据说他是东晋大臣陶侃的曾孙，出身于破落官僚家庭，做过彭泽县令一类小官。因其性情孤傲，不肯“为五斗米折腰”（“五斗米”是俸禄），辞官归隐于家乡浔阳柴桑（今江西省九江），以隐士终其生。他长期生活在农村，熟悉农民生活，其诗多写田园生活和隐居情趣。《归田园居》诗自述其志向：

少无适俗韵，性本爱丘山。
误落尘网中，一去三十年。
羁鸟恋旧林，池鱼思故渊。
开荒南野际，守拙归田园。
方宅十余亩，草屋八九间。
榆柳荫后檐，桃李罗堂前。
暧暧远人村，依依墟里烟。
狗吠深巷中，鸡鸣桑树巅。
户庭无尘杂，虚室有余闲。
久在樊笼里，复得返自然。

表述了他对官场的厌恶，并充满热情地赞美了归隐田园的乐趣。他把社会比作“尘网”，把官场视为“樊笼”，自己不能“适俗”（不适应官场应酬和追名逐利），于是像鸟恋巢、鱼恋水一样回到农村中来，过着散淡清闲的生活，精神得到解放，十分称意满足。《庚戌岁九月中于西田获早稻》一诗写了他的劳动生活：

晨出肆微勤，日入负来还。
山中饶霜露，风气亦先寒。
田家岂不苦？弗获辞此难。
四体诚已疲，庶无异患干。

清晨出去干些轻微的活，黄昏扛着农具归来。冒着冷露寒风劳动，自然很苦，但为生活计，就得不辞艰难。肢体虽然很累，却可避免意外的灾难。他选择这样的生活道路是为躲避政治迫害，有不得已的成分。他曾说“少时壮且厉，抚剑独远游”，可见有过雄心壮志。归隐后，仍写诗歌咏衔石填海的精卫鸟，赞颂刺杀秦王的荆轲，说明他仍有不平之气。陶潜被尊为“隐逸诗人之宗”（钟嵘《诗品》），其实不完全准确。清代的龚自珍说陶潜：“莫信诗人竟平淡，二分梁甫一分骚”，说他有诸葛亮的抱负和屈原的忧愤。鲁迅也说陶诗中还有“金刚怒目”式的作品，有人说他“静穆”是把他“缩小、凌迟”了。陶潜的诗表现了他不与恶浊势力合作的品格，描绘了美丽的田园风光，诗句清新自然，不假雕饰，娓娓如话家常，极富艺术魅力，历来被人们喜爱。他的“采菊东篱下，悠然见南山”

之类的诗句，许多人都能脱口而出，证明其影响之广泛。

陶潜之后影响较大的诗人是刘宋时的谢灵运和鲍照。谢灵运出身官僚世家，一生政治失意，寄情山水，开创了山水诗派。他善于雕琢字句，刻画入微，如“鸟鸣识夜栖，木落知风发”（《石门岩上宿》）写秋景，“泽兰渐被径，芙蓉始发池”（《游南亭》）写夏景，都是好句。“池塘生春草，园柳变鸣禽”（《登池上楼》）一句更为有名。他有好句，但缺完整的好诗，成就不如鲍照。

鲍照出身寒门，在重视门阀出身的南朝，他仕途很不得意，其诗反映了民间疾苦，对现实进行了抨击。如《拟行路难》中的一首：

对案不能食，
拔剑击柱长叹息。
丈夫生世会几时？
安能蹀躞（dié xiè）垂羽翼！
弃置罢官去，
还家自休息。
朝出与亲辞，
暮还在亲侧。
弄儿床前戏，
看妇机中织。

自古圣贤尽贫贱，

何况我辈孤且直！

诗中充满抑塞不平之气，表现了不与统治者合作的态度。他的诗慷慨奔放，形式富于变化，成就较高。尤其他常写七言诗，为后来七言诗的成长开拓了道路。

鲍照

南朝的齐、梁时代，产生了音韵学，作诗讲求四声（平、上、去、入）和对偶，形成了格律较严的新体诗。这种诗诞生于南齐武帝永明年间，被称为“永明体”，代表作家为沈约和谢朓。永明体诗为唐代近体诗（律诗和绝句）的形成做了准备。

南朝后期的梁、陈时代，统治者日益奢侈淫靡，诗风也随之衰颓，出现所谓“宫体诗”，专门写帝王贵族的腐朽生活和色情内容，使诗歌趋向末路。

唐代的诗

提起唐诗，人们会肃然起敬，都知道唐代是中国诗歌的鼎盛时期，唐诗代表着古典诗歌的最高成就。

唐帝国建立后，保持了长时期的政治稳定，经济得到恢复和发展，文化取得空前繁荣，整个国家呈现出蓬勃发展的好形势，为诗歌写作创造了良好的社会环境。唐代的科举考试重视诗赋，知识分子要中进士当官，就要会作诗，这也是对诗歌创作的促进。就诗歌本身说，唐代的五、七言古诗和乐府歌行进一步成熟，讲求声调韵律的五、七言律诗和绝句最后形成，诗歌形式也百花齐放。到盛唐时代，众多的诗人把诗歌创作推向高峰，壮阔的山河，优美的田园，繁华的都市，苍凉的边塞，惨烈的战争，都在诗歌中得到充分表现。特别是李白的充满狂放激情、猛力抨击现实的浪漫主义诗篇和杜甫关注国家命运、悲悯民生疾苦的现实主义诗篇，代表了盛唐诗歌的最高成就。唐代诗歌是中国文化中的一宗瑰宝。清代康熙年间编辑的《全唐诗》收入2 200多位作者的48 900多首诗（佚失的不知其数）。在不到三百年的时间，留下如此丰富的文化遗产，在世界文学史上也是绝无仅有的。其中相当多的优秀诗篇，以多姿多彩的艺术魅力征服了历代读者，代代相传，历久不衰。

唐代诗歌发展大致经历了初唐、盛唐和中晚唐几个阶段，下面分别做些简介。

初唐诗歌

这是唐诗繁荣的准备时期，重要诗人有被称为“初唐四杰”的王勃、杨炯、卢照邻、骆宾王，此外还有陈子昂、沈佺期、宋之问等。唐代初期的诗歌仍沿着南朝诗歌的惯性发展，柔靡纤弱，毫无生气。“四杰”的出现开始转变了这种风气。他们才气横溢，不满现状，通过自己的诗作抒发愤激不平之情和壮烈的怀抱，拓宽了诗歌题材。如杨炯的《从军行》：

烽火照西京，心中自不平。
牙璋辞凤阙，铁骑绕龙城。
雪暗雕旗画，风多杂鼓声。
宁为百夫长，胜作一书生。

这种激扬豪迈的格调，为唐初诗坛吹进一股新风。诗中表现了青年人不甘寂寞，想投笔从戎，到边疆建功立业的热望。宁可做个低级军官（百夫长），也不想做书生老死窗下。继“四杰”而起的是陈子昂，他从理论上对南朝以来衰弱的诗风提出批评，认为这类诗专门玩弄华丽的辞藻，内容空虚，抛弃了《诗经》重视思想性的传统。对此他耿耿于心，提倡学习“汉魏风骨”，恢复建安时代的诗风。他的三十八首《感遇》诗实践了自己的主张，影响很大。他的《登幽州台歌》：“前不见古人，后不见来者；念天地之悠悠，独怆然而涕下。”苍凉辽阔，哀而不伤，被认为是怀古诗的绝唱。韩愈曾说：“国朝盛文章，子昂始高蹈。”评价了他在唐诗发展中的重要作用。沈佺期、宋之问的贡献主要在诗歌格律方面。他们总结了“永明体”以来诗人们探索诗歌格律的成果，以自己的诗作，促进“近体诗”最后定型。

鉴赏唐诗，首先要对“近体诗”和“古体诗”的分别有个概要的了解，掌握它们各自的特点，就能更好地领略其妙处。

古体诗，又称古诗或古风。这个概念和通常说的“古代诗歌”的概念不同，是专用名词，专指唐代以前流行并在唐代继续流行的一种诗体，和唐代形成的近体诗相对存在。古体诗的特点是：每篇句数不限，每句字数不限，可押韵也可不押韵，押韵也可换韵，句与句间没有平仄对应和用词对仗的要求。一句话，古体诗格律上比较自由，同近体诗在格律上有极严格的要求不同。古体诗分两大类：

五言古诗和七言古诗（或简称五古和七古）。此外还有句式长短不齐的古诗，一般归入七古。有的古体诗句数、字数和律诗相同，但用韵、平仄和对仗都不同于律诗的要求，所以仍是古诗。上文讲到的《古诗十九首》及陶渊明等人的诗都是古诗。

近体诗，又叫今体诗（“近”和“今”都是就唐代而言的），讲求严格的格律。近体诗有四项基本要求：一是句数、字数有规定；二是按规定的韵部押韵；三是上句和下句各字之间要求平仄对立和相黏；四是规定某些句子之间用词要对仗，即名词对名词，动词对动词，形容词对形容词等。

近体诗分两大类：（一）律诗，由八句组成，五字句的称五言律诗，七字句的称七言律诗；（二）绝句，由四句组成，五字句的称五言绝句，七字句的称七言绝句。下面我们分别举例说明。如大家熟悉的王之涣的《登鹳雀楼》：

白日依山尽，黄河入海流。
欲穷千里目，更上一层楼。

这是五言绝句，它必须是四句二十字。其次它必须依照用韵要选一个韵部的字作韵脚[①]，这首诗的“流”“楼”两字就属“十一尤”韵。再次，它用的字必须合乎规定的平仄格式，这样读起来才抑扬顿挫，和谐动听。这首诗的平仄格式是：

仄仄平平仄，平平仄仄平。
平平平仄仄，仄仄仄平平。

用·标出来的字可平可仄，其余的字不能变通。平——指的是古代汉语中的平声字；仄——指的是古代汉语中的上声、去声、入声字。按现代汉语说，阴平（第一声）、阳平（第二声）字属平；上声（第三声）、去声（第四声）字属仄。绝句诗上下句之间可以对仗，也可以不对仗。这首绝句全首对仗，后两句“欲穷”对“更上”，“千里”对“一层”，“目”对“楼”。

① 近体诗用韵根据“平水韵”，由其刊行者宋末平水人刘渊而得名。平水韵依据唐人用韵情况，把汉字划分成107个韵部（其书今佚）。清代康熙年间编的《佩文韵府》又把其并为106个韵部：上平声15部，如一东、二冬、三江、四支……等；下平声15部，如一先、二萧、三肴、四豪……等；上声29部，如一董、二肿、三讲、四纸……等；去声30部，如一送、二宋、三绛、四寘……等；入声17部，如一屋、二沃、三觉、四质……等。每个韵部包含若干字，作律绝诗用韵，其韵脚的字必须出自同一韵部，不准错用。

我们举《登鹳雀楼》这首诗来说明近体诗最基本的格律要求，此外五言绝句还有三种平仄格式，共四种格式。七言绝句、五言律诗、七言律诗也都各有四种平仄格式。关于近体诗的平仄格式，只举上列作些提示，不再详细介绍了。如果不想创作这类诗，只是鉴赏前人作品，那么关于格律的要求知道得粗略些，也是无妨的。

七言绝句，我们举孟浩然的《送杜十四之江南》来看：

荆吴相接水为乡，君去春江正渺茫。
日暮孤帆泊何处？天涯一望断人肠。

表达了送别友人远行时留恋怅惘的感情。全诗四句，二十八个字，押的是“七阳”韵，平仄按规则。因绝句允许不对仗，这首诗就没有对仗。

五言律诗，我们看戴叔伦的《除夜宿石头驿》：

旅馆谁相问？寒灯独可亲。
一年将尽夜，万里未归人。
寥落悲前事，支离笑此身。
愁颜与衰鬓，明日又逢春。

这是除夕夜晚远离家乡亲人独宿逆旅感慨自身遭际的诗。

全诗八句，四十个字，押“十一真”韵，平仄合规则。律诗的一二句称“首联”，三四句称“颔联”，五六句称“颈联”，七八句称“尾联”。律诗的颔联和颈联必须对仗。如这首的颔联“一年”对“万里”，“将尽”对“未归”，“夜”对“人”；颈联“寥落”对“支离”，“悲”对“笑”，“前事”对“此身”。

七言律诗，我们看柳宗元的《别舍弟宗一》：

寥落残魂倍黯然，双垂别泪越江边。
一身去国六千里，万死投荒十二年。
桂岭瘴来云似墨，洞庭春尽水如天。
欲知此后相思梦，长在荆门郢树烟。

这是柳宗元被贬到蛮荒的柳州，送别堂弟柳宗一去江陵时写的诗，情绪极度感伤悲愤。全诗八句，五十六个字，用的是“一先”韵，平仄合规则，颔联和颈联对仗工整。七言律诗第一句多用韵，也可不用韵，这首用韵。

律诗中还有一种“排律”，即把律诗延长至十句以上乃至百句，除首、尾两联外，中间所有出句与对句全要对仗。排律通常为五言。

唐代诗歌的样式，在初唐时期已经齐备，到盛唐时代就出现了诗歌创作的高峰。

盛唐诗歌

到公元八世纪初，唐王朝出现了所说的“开元盛世”，经济、文化发展到鼎盛。诗歌创作领域也出现大批优秀诗人，写下内容异常丰富的诗歌。其中田园山水诗和描写边塞战争的诗占相当比重，李白、杜甫也出现在这时。下面分别做扼要介绍。

田园山水诗

这类诗歌最有名的作者首推王维。王维，字摩诘，官至尚书右丞，习惯上又称他王右丞。他受佛教思想影响，厌倦官僚生活，长期隐居于辋（wǎng）川别业，热爱自然，熟悉农村，诗写得恬静闲适，具备一种静态美。如《渭川田家》：

斜光照墟落，穷巷牛羊归。
野老念牧童，倚杖候荆扉。
雉雊麦苗秀，蚕眠桑叶稀。

田夫荷锄至，相见语依依。

即此羡闲逸，怅然吟《式微》。

夕阳的余晖映照着村落（墟落），归牧的牛羊涌进村巷中。老人惦念着去放牧的孙儿，拄着拐杖在柴门外望他归来。在野鸡声声鸣叫中，小麦已经秀穗，吃足桑叶的蚕儿开始休眠。丰年在望，荷锄归来的农民彼此见面，娓娓动情地聊起家常。这美好的情景使诗人联想到官场明争暗斗的可厌，觉得隐居在这样的农村该是多么安静舒心；惆怅之余不禁吟起《诗经》中“式微，式微，胡不归？”（意即：天黑啦，天黑啦，为什么还不回家呀？）的诗句，表明他归隐田园的志趣。王维精通音乐、绘画、书法，艺术修养深厚；苏东坡评他诗中有画，画中有诗。上面这首诗就可以说是一幅田园画。

与王维齐名的诗人是孟浩然，原籍襄阳（在今湖北省），常被称为孟襄阳。据说他曾在张九龄官署偶然遇到唐玄宗，玄宗知道他的诗名，命他朗诵诗作。他诵读了《岁暮归南山》，其中有“不才明主弃”（我缺乏才能，所以圣明的君主不用我）一句，玄宗听了大不高兴，说：“是你不求当官，不是我不让你当官，你怎么能怪我！”后来他考进士没被录取，也没正式做官，长期漫游和隐居，以山水诗闻名于世。他的《过故人庄》

一诗流传最广：

故人具鸡黍，邀我至田家。
绿树村边合，青山郭外斜。
开轩面场圃，把酒话桑麻。
待到重阳日，还来就菊花。

老朋友杀鸡做饭，请他到村中做客。近看，茂密的绿树严严地围住村庄；远望，青翠的山峦向远方延伸开去。打开轩窗，可见到堆着谷物的场院和青青的菜园；端着酒杯兴致勃勃地聊起桑麻的长势和收获。在这样天然图画中与好友饮醇酒，啖佳肴，纵情谈笑，该是多么快乐和惬意！酒后，朋友间仍恋恋不舍，约定九九重阳节再来欢聚，痛饮美酒，醉赏菊花。

储光羲也是一位失意的隐士，他的《钓鱼湾》写了隐居的情趣：

垂钓绿湾春，春深杏花乱。
潭清疑水浅，荷动知鱼散。
日暮待情人，维舟绿杨岸。

绿荫蔽天，落花飘地，清潭见底，荷动鱼散，渔翁之意不在鱼，单是这美好的景致就是最好的享受了。日暮罢钓系船，在绿杨芳草中等待好朋友（情人）来相见，这样无忧无虑的生活，不就等于神仙了吗？实际上他们的生活也不会没有困扰和烦恼，然而作诗时要暂时抛开它，抓住某一美好的场景和情绪，尽情发挥和渲染，诗人满足了创作欲，也给读者带来美的享受，这就叫作诗。

边塞战争诗

在唐代的对外战争中，许多文人参与进去，对边塞和军旅生活有亲身体验，从戎而不投笔，写诗描绘苍凉的边塞风光，赞颂将士们的勇武精神，或诅咒战争带来的灾难，于是有了边塞诗派。著名诗人岑参的《走马川行奉送出师西征》有代表性：

君不见：走马川行雪海边，
平沙莽莽黄入天。轮台九月风夜吼，
一川碎石大如斗，随风满地石乱走。
匈奴草黄马正肥，金山西见烟尘飞。
汉家大将西出师，将军金甲夜不脱，
夜半行军戈相拨，风头如刀面如割。
马毛带雪汗气蒸，五花连钱旋作冰。
幕中草檄砚水凝，虏骑闻之应胆慑。

料知短兵不敢接，车师西门伫献捷！

诗中的“走马川”“轮台”“金山”“车师”都是常见的北方或西域地名，这里用来做地名的代号，并非实指，所以读诗时不必求真，只注重理解诗意诗情。这首诗一开始，就大笔淋漓地描绘出西域狂风弥天、飞沙走石的恶劣环境。匈奴（代表强悍的北方民族）来犯，狼烟四起；将军带兵奔赴战场迎敌。夜行军兵器互相碰撞，尽管寒风如刀，落雪的五花马背上依然热汗蒸腾，很快又结成冰凌。在帐幕里起草讨敌的檄文（战书），还未等写完，砚台里的墨水已冻成冰块。这样吃苦耐劳勇武向前的军队，一定会使敌人闻风丧胆，不敢交战；那我们就在车师的西门等待胜利凯旋的捷报吧！诗中表现的乐观豪迈的气概，正是盛唐时期时代精神的体现。李颀的《古从军行》也很有名：

白日登山望烽火，黄昏饮马傍交河。
行人刁斗风沙暗，公主琵琶幽怨多。
野营万里无城郭，雨雪纷纷连大漠。
胡雁哀鸣夜夜飞，胡儿眼泪双双落。
闻道玉门犹被遮，应将性命逐轻车。
年年战骨埋荒外，空见蒲桃入汉家。

军队白天要登上山头瞭望烽火报警的情况，黄昏时又匆匆赶到交河（在新疆吐鲁番，此代有水的地方，非实指）去饮战马。刁斗是一种铜制的锅，白天用它烧饭，夜里做打更的柝（tuò）用。军人们背着刁斗在刮得昏天黑地的风沙中艰难行进，这时联想到汉代从这条路远嫁乌孙王的公主一路上弹奏的琵琶曲，一定是充满幽怨。在荒无人烟的地方野营过夜，飘起弥漫天地的大雪，和远处的沙漠连成迷蒙一片。秋夜里南飞大雁的鸣叫声凄厉又哀伤，交战对方的胡兵也耐不住这艰苦生活而落下眼泪。听说朝廷已传下不准后退的命令，只能拼着性命跟随将军（轻车将军为官名）去死战。玉门被遮，即不准退入玉门关，用的是《史记·大宛列传》的典故：贰师将军李广利攻大宛失利，退至敦煌，请求朝廷退兵，汉武帝“闻之大怒，使使（派使者）遮玉门，曰：有敢入者辄斩之！”拼命向前的结果，十有八九是战死，年年有无数人抛骨荒远的异乡，唯一的成果是葡萄（蒲桃）从西域传入中原种植，供富贵者享用。诗中虽流露出哀怨的情绪，基调还是高昂进取的。

战争是残酷的。714年唐朝军队与吐蕃在临洮的长城堡附近有过一场大战，杀获吐蕃数万人。王昌龄的《塞下曲》写到这场战争：

饮马渡秋水，水寒风似刀。
平沙日未没，黯黯见临洮。
昔日长城战，咸言意气高。
黄尘足今古，白骨乱蓬蒿。

战争过后多年，战场依然黯淡凄凉，漫漫黄尘中白骨散弃于杂乱的蒿草中，永远被人遗忘。无论死者是哪一方的，对其本人和家庭来说，都是凄惨的悲剧。

李白的诗

李白（701—762），字太白，号青莲居士。祖籍陇西（今甘肃），先人曾流落西域，大约在李白5岁时迁至四川昌隆（今江油县），并在此度过青少年时期。李白家境富裕，少年时饱读百家书，表现出不凡的文学才能。同时好交游，受朋友和社会影响，喜谈修道成仙，向往行侠仗义，慷慨有大志，性格豪放不羁。他25岁时离开家乡，漫游长江、黄河南北各地，结交社会名流，以诗文获得很高的社会声望。天宝元年（公元742年），由友人荐举，唐玄宗召见他，任他为翰林待诏，做皇帝的侍从文人，居长安近三年，使他对宫廷和贵族社会有了直接了解。由于权臣排挤，于天宝三年离开长安，再度开始漫游生活。在洛阳，他与比他小11岁的杜甫相识，结下终生友谊。安史之乱开始时，他已55岁，正在宣城（在今安徽）。在安史之乱中，他怀着报国之情，应永王李璘之邀，入其幕府做事；后李璘被肃宗李亨铲除，李白则被流放夜郎（在今贵州），中途遇赦而归，生活于金陵（今南京）和宣城间，宝应元年（公元762年）病逝于当涂（在今安徽），享年62岁。

李白终生幻想施展抱负，干一番经天纬地的大事业。这在他的诗中随处可见。在《上李邕》一诗中说：

大鹏一日同风起，扶摇直上九万里。
假令风歇时下来，犹能簸却沧溟水。
时人见我恒殊调，见余大言皆冷笑。
宣父犹能畏后生，丈夫未可轻年少。

他以《庄子》里讲的那个搅动天海的大鹏自比，对自己的政治才能充满自信，受到世人嘲笑，还以孔子（宣父）“后生可畏”的话为自己辩解。诗人在政治上十分天真，实际他未必具备政治家的才干，他的“大言”遭冷笑并不奇怪。然而作为诗人，他却是个天纵之才，是一只遨游天海的大鹏。他一生做诗人，政治上无作为，在他自己看来是不幸，可是对中国文学来说，却是大幸。唐诗如无李白，那就同华美的大厦抽掉一根栋梁，那才是极大的遗憾呢。

李白有相当数量的诗是对社会不平的揭露和抨击，如《古风五十九首》之一首：

大车扬飞尘，亭午暗阡陌。
中贵多黄金，连云开甲宅。
路逢斗鸡者，冠盖何辉赫。
鼻息干虹蜺（ní），行人皆怵惕。
世无洗耳翁，谁知尧与跖。

这是讽刺皇帝身边得势的佞幸人物。他们坐着华贵的大车招摇过市，荡起漫天灰尘。一些宦官（中贵）钱多得不得了，修起宏丽的住宅。替皇帝开心的斗鸡人，也坐着带华盖的车耀武扬威。他们鼻孔朝天，喷出的气息仿佛吹动了天空的云霞（极言其骄横），路上行人被吓得不敢靠近。最后诗人慨叹，社会上再也没有许由（洗耳翁）那样的贤人了，谁还能分出好人（尧）和坏人（跖）呢？传说古代的圣君唐尧要把帝位让给许由，许由听说后认为污染了自己的耳朵，就跑到河边去洗耳朵，他被认为是厌弃名利的贤人。跖，是传说中古代的“大盗”，当然是作为坏人的代名词。唐玄宗后期政治腐败，王朝走下坡路，李白敏感意识到这一点，在诗中给以暴露和讽刺。李白直接描写人民苦难的诗不太多，但写得极精彩，如《战城南》：

去年战，桑干源；
今年战，葱河道。
洗兵条支海上波，放马天山雪中草。
万里长征战，三军尽衰老。
匈奴以杀戮为耕作，古来惟见白骨黄沙田。
秦家筑城备胡处，汉家还有烽火燃。
烽火燃不息，征战无已时。
野战格斗死，败马号鸣向天悲。
乌鸢啄人肠，衔飞上挂枯树枝。
士卒涂草莽，将军空尔为。
乃知兵者是凶器，圣人不得已而用之！

这首诗用的是汉代乐府诗的题目，有意学习乐府诗的传统，但比汉代那首《战城南》写得更形象，更深刻。“桑干”“葱河”“条支”“天山”都是边疆地名。唐代兵士远离故土到这些地方征战，往往有去无回。有些边疆民族以战争劫掠为业，古今不知有多少人战死荒漠之中。秦代修筑长城防备匈奴的地方，至今（“汉家”，唐人习惯用“汉”代称“唐”，实指唐朝）仍然烽火不息，战争不断。战败的马匹在战场上悲鸣寻找它的主人，而它的主人却被乌鸦和鹰啄食，肠子都挂上枯树枝头。士卒战死，领兵的将军也空忙一场，毫无所获。最后诗人用古代兵书的话说：战争可不是好玩的东西，有德的君主只有在不得已时才用到它。唐玄宗好大喜功，连年征战，百姓遭难，这首诗即为此而发。

李白描绘祖国大好河山的诗很多，多为杰作。他的这类诗同王维、孟浩然的诗格调不同，如果说王维、孟浩然的风景诗是细致入微的工笔画，李白的风景诗则是飞动椽笔的大写意。他常常不是作一草一木的刻画，而是从宏观摄取大自然的神韵。长江大河，巉（chán）岩峭壁，万里风云，幽石古木，一到他笔下立刻飞动起来，为他所驱遣，创造出一个与造化同在的神话般的世界。如《庐山谣寄卢侍御虚舟》中写庐山景色：

金阙前开二峰长，银河倒挂三石梁。
香炉瀑布遥相望，回崖沓嶂凌苍苍。
翠影红霞映朝日，鸟飞不到吴天长。
登高壮观天地间，大江茫茫去不还。
黄云万里动风色，白波九道流雪山。

这是多么宏大的气势！只有李白的胸怀才能装下这样的气

势，只有李白的神笔才能写出这样的气势。又如著名的《蜀道难》中的一段：

上有六龙回日之高标，
下有冲波逆折之回川。
黄鹤之飞尚不得过，
猿猱（náo）欲度愁攀援。
青泥何盘盘，
百步九折萦岩峦。
扪参历井仰胁息，
以手抚膺坐长叹。
问君西游何时还，
畏途巉岩不可攀。
但见悲鸟号古木，
雄飞雌从绕林间。
又闻子规啼夜月，
愁空山。
蜀道之难，
难于上青天，
使人听此凋朱颜！

这是一段绝妙的风景描绘。诗人用极度夸张的语言写出蜀道的艰难险峻：太阳神驾着六龙的车子到这里也要折回来，奔腾的江水也要撞回来；黄鹤飞不过去，猿猴也愁于攀援。著名的青泥岭道路弯曲险怪，行人伸手可摸到天上的参星和井星，累得喘不过气，无不拍着胸膛长声悲叹。山中幽深的古木之上，各种鸟类的鸣叫更增加了神秘恐怖的气氛。这难于上青天的蜀道，不要说去通过，就连听人说一说，也把脸都吓白了。诗人笔下蜀道上的奇姿壮彩，真可开拓读者的心胸神臆，令人魂悸魄动，惊起长嗟。这段诗句的奇思异想和豪壮奔放的风格，正是李白诗独具的特色。

太白醉酒图轴

清代诗人赵翼评李白诗说：“诗之不可及处，在乎神识超迈，飘然而来，忽然而去，不屑屑于雕章琢句，亦不劳劳于镂心刻骨，自有天马行空不可羁勒之势。”（《瓯北诗话》）这段话概括出李白诗的艺术风格。李白自觉地继承了屈原以来诗歌的浪漫主义精神，加上他的天才和勤奋，创造出独特的李白风格。他的诗歌，第一个特点是具有浓烈的激情。他心地纯洁，胸怀开阔，憎爱分明，高兴时美酒清歌，仰天大笑；悲愤时要“捶碎黄鹤楼”，“倒却鹦鹉洲”（《江夏赠韦南陵冰》），歌哭笑骂，无所避忌。第二个特点是无比丰富的想象力。诗思来如迅电，去如疾风，纵横变幻，大起大落，随着他抒情的需要，上下古今人物，天文地理知识，真实的历史，虚幻的神话随时来到他的笔下，注入诗句，为他服务。第三个特点是常用夸张的语言抒发激情；如“白发三千丈”“燕山雪花大如席”“一风三日吹倒山”之类极度夸张的诗句，在他的诗中所在皆是。唯其夸张，所以传神，极不准确的语言却极准确地表达了他的感情。

杜甫的诗

杜甫（712—770），字子美，生于河南巩义市，出身于富有文化教养的家庭，祖父杜审言是著名诗人。他青年时期正值开元盛世，游历过南起吴、越，北至齐、赵等地。35岁到长安求官，过了十年穷困落拓的生活，最后才得到一个八品小官。安史之乱爆发，长安沦陷，杜甫曾陷贼中，后逃出投奔肃宗李亨，任左拾遗。49岁时，弃官携家入川，在成都郊外建草堂定居，曾由好友严武保荐任过一段检校工部员外郎（因此常被称为杜工部）。流落四川八年，57岁时出川，辗转流徙于湖北、湖南各地，59岁时在岳阳附近病死于一只小船上。

《登高》诗意图

李、杜齐名，但他们的性格和诗风却很不相同。李白像狂放不羁的骏马，杜甫像忍苦载重的犍牛，各具风范，各有价值。杜甫诗风老成稳健，倾向现实主义。他的全部诗作，一方面反映了一个诚实的知识分子一生的遭际，同时也是唐帝国由盛转衰那段历史的真实写照。杜诗又被后人称为“诗史”，即本于此。

安史之乱是杜甫一生最痛苦的一段经历，也是他写进诗歌的重要内容。这一期间的诗，虽也有关于个人穷通利达的慨叹，更多的却着眼于百姓苦难。756年，唐宰相房琯率四五万军队在陈陶同安史叛军激战，由于指挥失当，差不多全军覆没。杜甫为此写了《悲陈陶》一诗：

孟冬十郡良家子，血作陈陶泽中水。
野旷天清无战声，四万义军同日死。
群胡归来血洗箭，仍唱胡歌饮都市。
都人回面向北啼，日夜更望官军至。

初冬（孟冬）时节，从十几个郡征来的良家子弟，一战之后鲜血都洒在陈陶水泽之中。蓝天下的旷野死寂无声，四万兵士一日之内全部战死。野蛮的胡兵箭镞上滴着善良百姓的鲜血，唱着人们听不懂的胡歌在长安街市上饮酒狂欢。长安城的百姓转头向陈陶方向失声痛哭，日夜盼望唐朝军队打回来恢复昔日的太平生活。诗人的悲愤恰是人民的悲愤，他在替百姓呼号。杜诗中著名的“三吏”“三别”，全面反映了安史之乱给百姓带来的深重苦难。我们看其中的《无家别》：

寂寞天宝后，园庐但蒿藜。
我里百余家，世乱各东西。
存者无消息，死者为尘泥。
贱子因阵败，归来寻旧蹊。
久行见空巷，日瘦气惨凄。
但对狐与狸，竖毛怒我啼。
四邻何所有，一二老寡妻。
宿鸟恋本枝，安辞且穷栖。
方春独荷锄，日暮还灌畦。
县吏知我至，召令习鼓鞞（pí）。
虽从本州役，内顾无所携。
近行止一身，远去终转迷。
家乡既荡尽，远近理亦齐。
永痛长病母，五年委沟溪。
生我不得力，终身两酸嘶。
人生无家别，何以为蒸黎。

这是用第一人称写的，诗中的“我”是个当兵归来的青年农民。天宝十四年（755年）安史之乱后，农村普遍衰败，田园庐舍一片荒凉。这个败阵归来的士兵看到家乡已面貌全非，乡邻们走死逃亡，旧里已成空巷，连太阳都黯淡无光，一片凄惨气氛。村里成了狐狸之类的乐园，它们反客为主，竖起毛来发怒，怪这个青年的哭声搅乱了它们的安宁。在百无聊赖中，这个农民为活下去开始锄地，灌园，尽庄稼人的本分。然而仍不能安静地生活，县吏知他回来，又召他去练兵。这次是当地方兵，不出本州，转身看看家里，任何可携带的东西都没有。稍觉安慰的是，虽然只身一人，在本地总比远离家乡不知所归好些吧。可是又一想，家乡已一无所有，无所留恋，远近都一样，无所谓了。他又想起已经死去五年的母亲，生儿得不到孝顺，母子都留下刻骨的遗恨。人生到了这种无家可别的程度，百姓还怎么活下去？

“三吏”“三别”使人们想到：是谁把百姓弄到这个地步？自然是那些当权者的腐败导致的。安史之乱的消息还未传到长安时，杜甫写过一首长诗《自京赴奉先县咏怀五百字》，对以唐玄宗为首的朝廷权贵奢侈淫靡的生活进行了尖锐的揭露，指出他们的享乐是建立在残酷剥削农民的基础上的：“彤庭所分帛，本自寒女出；鞭挞其夫家，聚敛贡城阙。”极度的不平，使诗人写出近乎控诉的“朱

杜甫像

门酒肉臭，路有冻死骨；荣枯咫尺异，惆怅难再述”的诗句。在这首诗的最后，诗人写他回到奉先县家中的情形：“入门闻号咷，幼子饥已卒。”他自己的孩子也饿死了！悲痛之余他想到，自己做为小官僚，既不缴纳赋税，也不从军打仗，生活中尚且充满酸辛，那些平民百姓的苦难就更可想而知了。在安史之乱爆发后的第三年，杜甫写了著名长诗《北征》，深深忧虑“乾坤含疮痍”的全国动乱形势，阐述了对时局的见解，热切期望国家中兴，爱国爱民之情充溢全诗。

杜甫写亲友间真挚情感的诗，也非常动人，如《赠卫八处士》：

人生不相见，动如参与商。
今夕复何夕，共此灯烛光。
少壮能几时，鬓发各已苍。
访旧半为鬼，惊呼热中肠。
焉知二十载，重上君子堂。
昔别君未婚，儿女忽成行。
怡然敬父执，问我来何方。
问答乃未已，驱儿罗酒浆。
夜雨剪春韭，新炊间黄粱。
主称会面难，一举累十觞。
十觞亦不醉，感子故意长。
明日隔山岳，世事两茫茫。

参、商是此出彼没永不同时出现的两颗星星，比喻朋友难得相见。在一个美好的夜晚，诗人与阔别多年的老友聚会在灯光下款叙离情；青春时光匆匆过去，彼此看到对方的鬓角都已花白。诗中写到相见的惊喜，儿女的礼貌，招待的热情，饮酒的畅快，最后写到即将分别的怅惘，处处透出美好深挚的情感。有相当社会阅历的中老年人读这首诗，更容易被感动。

杜甫的律诗成就最高，历来被承认是律诗的楷模。我们读他《秋兴八首》中的第一首：

玉露凋伤枫树林，巫山巫峡气萧森。
江间波浪兼天涌，塞上风云接地阴。
丛菊两开他日泪，孤舟一系故园心。
寒衣处处催刀尺，白帝城高急暮砧。

这是杜甫晚年滞留在夔（kuí）州时写的。时值秋天，霜露过后的枫树林枯叶纷纷凋落，隐天蔽日的巫山巫峡气冷天清，愈加萧索森幽。长江中涌起连天的波浪，想望中的塞北天地间仍布满争战的风云。诗人到此地已见菊丛两次开花，此刻又想起去年对花流泪的情景；被牢牢系在岸边的孤舟，使诗人想到自己欲归故园而又不得离开的境况，兴起无限伤感。这里的妇女们正忙着动刀动尺裁制过冬的棉衣，白帝城里传来阵阵捣衣的砧声，这一切都搅动起诗人刻骨铭心的乡愁而无法开释。过去人常用“沉郁顿挫”四个字来评价杜甫七律的风格，这首诗就是一个典型。

在成都杜甫草堂里挂着郭沫若写的一副对联：“世上疮痍，诗中圣哲；民间疾苦，笔底波澜。”这十六个字是对杜诗很好的概括。杜甫的诗歌体现了古代优秀知识分子的良心。立身群众中，与百姓同忧乐，替人民呼号，为黎庶请命，在这方面他是中国知识分子永久的楷模。他一生心血都用在写诗上，其诗具有坚实的内容，纯真的热情，深沉的激愤，凝重的格调，从这方面说他又是诗人学习的榜样。他“读书破万卷”，善于学习和继承传统；“语不惊人死不休”，写诗态度严肃认真，无论古体诗和近体诗，都臻于妙境和化境。所谓“诗圣”，就是诗歌领域的圣人，中国三千多年诗歌史上得此殊荣的只有杜甫一人。

中晚唐诗歌

唐代中后期，王朝的鼎盛期已过，但诗歌创作仍未衰歇，先后出现了韩愈、柳宗元、张籍、李贺、白居易、元稹、刘禹锡、杜牧、李商隐、温庭筠、杜荀鹤等风格不一的杰出诗人。他们的诗从不同角度反映了唐帝国走向衰落过程中的危机和民间苦难，艺术成就很高，对后世影响也很大。

韩愈是散文大家，同时是著名诗人。他最崇拜李、杜，但并未亦步亦趋地去摹拟他们，而是通过自己的探索创出独特的风格。韩诗的特点是求奇避俗，与他的好友孟郊一道被称为“韩孟诗派”。他的《山石》是其诗歌代表作之一：

山石荦（luò）确行径微，
黄昏到寺蝙蝠飞。
升堂坐阶新雨足，
芭蕉叶大栀（zhī）子肥。
僧言古壁佛画好，
以火来照所见稀。
铺床拂席置羹饭，
粗粝（lì）亦足饱我饥。
夜深静卧百虫绝，
清月出岭光入扉。
天明独去无道路，
出入高下穷烟霏。
山红涧碧纷烂漫，

时见松枥皆十围。
当流赤足踏涧石，
水声激激风吹衣。
人生如此自可乐，
岂必局束为人鞿。
嗟哉吾党二三子，
安得至老不更归？

二十句诗，等于一篇完整的游记。开头把读者的想象从崎岖的山路上，引到黄昏的寺庙中，恍惚看到迷茫的夜空中翩然来去的蝙蝠。作者很惬意地坐在台阶上休息，看到雨后的栀子生意盎然，这该引起人们多少有趣的遐想啊。接着写看壁画、吃饭、夜宿，直写到第二天下山。这时见到的是另一番景象：高低上下难以找寻的山路，两旁山花烂漫，涧水澄碧，佳木葱笼。再到清澈的涧水里洗洗脚，凉爽的风吹到身上，该是多么快慰！最后四句是议论：人生里这就是快乐，何必去当那个官儿，让人管束呢？我们一伙的那几位朋友啊，你们能到老都不辞官归来吗？这首诗写的全是眼前景物，选择、叙述恰到好处，语句峭拔，意境清新。

李贺也是一位有名的诗人。他的诗受韩愈影响，但风格又不同于韩愈。其诗想象丰富，形象怪特，辞语瑰丽，常把鬼魅题材写得阴森可怖，被称为“鬼才”。据说他为了写出好诗，常带一个小奴骑驴出游，想出好句就赶紧写下来投入一个破锦囊中，回家再点染成篇。他的《南园》诗之一，抒发了他作为诗人的幽愤：

寻章摘句老雕虫，晓月当帘挂玉弓。
不见年年辽海上，文章何处哭秋风！

汉代扬雄曾把吟诗作赋比作“雕虫篆刻”，微不足道。此处“雕虫”指作诗的人。李贺说自己是个专门“寻章摘句”、为作诗拼尽心力的人，作诗经常通宵达旦，只有帘外弯弯如弓的晓月陪伴自己。国家重视武功，年年在辽海（指北方）打仗；写诗作文的人只好在衰飒的秋风中哀哀哭泣。他果然寿命不永，27岁时便病故。

中唐时代成就最高的诗人是白居易。白居易（772—846），字乐天，半生为官，与好友元稹齐名，被称为“元白”。他主张“文章合为时而著，歌诗合为事而作”（《与元九书》），即诗文要为时代服务，为现实服务。这种明确的理论是相当进步的。他熟悉和同情百姓疾苦，他的政治讽喻诗《新乐府》50首和《秦中吟》10首，都是为民请命的好作品。我们读《秦中吟》中的一首《轻肥》：

白居易像

意气骄满路，鞍马光照尘。
借为何为者，人称是内臣。
朱绂（fú）皆大夫，紫绶悉将军。
夸赴军中宴，走马去如云。

樽罍（léi）溢九酝，水陆罗八珍。
果擘洞庭橘，脍切天池鳞。
食饱心自若，酒酣气益振。
是岁江南旱，衢（qú）州人食人！

唐代政治腐败的根源之一，就是太监专权。这首诗就是讽刺宦官的。他们穿红佩紫，骑着高头大马耀武扬威地去军队里赴宴，饮罢美酒佳酿，吃完山珍海味，得意洋洋，精神亢奋，旁若无人。诗的最后笔锋突然一转：这年江南大旱，衢州（今浙江省衢州市）出现了人吃人的惨剧！没有一句议论，思想已鲜明地表达出来：原来这帮国贼吃的是人民的膏血！《秦中吟》《新乐府》之外，同类的诗作还有很多，如白居易任杭州刺史时写的《代卖薪女赠诸妓》：

乱蓬为鬓布为巾，晓踏寒山自负薪。
一种钱塘江上女，著红骑马是何人？

卖柴妇女乱草一样的头发上扎着粗布头巾，每天都到寒冷的山中去背柴；同样是钱塘江畔长大的女人，为什么另一些人却穿红戴绿、骑马坐轿，过着舒坦日子？“著红骑马”的是妓女，其实她们过的是另一种辛酸的日子，表面穿戴好，付出的是被人玩弄的代价；真正的剥削者是那些欺压农民、玩弄妓女的达官贵人。不平之中还隐藏着不平，诗颇耐人寻味。

白居易诗名很大，在外国（如日本）也有很大影响。他的名作还有长篇叙事诗《长恨歌》和《琵琶行》，前者写唐玄宗李隆基和杨玉环的爱情故事，后者写一名乐妓的辛酸遭遇，都写得优美和谐，真切动人，流传千古而不衰。晚唐诗人杜荀鹤、聂夷中、皮日休等，学习白居易，写过许多反映人民疾苦的好诗。

李商隐和杜牧是晚唐诗人中的佼佼者。杜牧的清新明丽的抒情小诗，广为人知。李商隐擅长律绝诗，常以歌咏历史题材来讽喻现实。我们读他一首《隋宫》：

紫泉宫殿锁烟霞，欲取芜城作帝家。
玉玺不缘归日角，锦帆应是到天涯。
于今腐草无萤火，终古垂杨有暮鸦。
地下若逢陈后主，岂宜重问后庭花？

“紫泉”是长安水名（原名紫渊，因避唐高祖李渊之讳改为紫泉），代指长安。首联说隋炀帝杨广出外游幸不再回长安，那里的宫殿只有烟霞笼罩，十分寂寞；因为杨广要以繁华的扬州（芜城）为都城，在那里享乐。在颔联里，作者设想，如果由秦始皇传下来的玉玺不是归于李渊（传说

浔阳送别图

李渊面相是“日角龙庭”，前额状如太阳，属帝王之相），即隋朝不灭亡，那么隋炀帝以锦为帆的龙船说不定要游到天涯海角去，他的奢侈荒唐的行为不会停止。颈联说，当年隋炀帝夜间出来游玩，让百姓收集大量萤火虫放飞供他玩赏，以致今天乱草堆中萤火虫已经绝迹（古人有“腐草化萤”的不科学说法）；只有隋炀帝开凿的大运河两岸柳树上，黄昏时有无数乌鸦翔噪，似在凭吊隋朝灭亡。陈后主（陈叔宝）是个荒淫误国的皇帝，被隋文帝杨坚俘虏后，与当时尚为太子的杨广有过交往。杨广当皇帝后，曾在梦中与死去的陈后主相遇，并让陈后主的宠妃张丽华舞了一番《玉树后庭花》。尾联两句就此议论：隋炀帝死后到九泉下遇到陈后主，就不应再有歌舞《玉树后庭花》的事了，因为他自己也走了陈后主的老路，该感到惭愧。这首诗是针对唐后期帝王的腐败而作的。然而作诗只是作诗，没有哪个帝王会因此醒悟。试看隋亡以后哪个朝代少了陈叔宝、杨广那样的人物？正如杜牧在《阿房宫赋》里说的：“秦人不暇自哀，而后人哀之，后人哀之而不鉴之，亦使后人而复哀后人也。”

唐代诗歌，无论就其作者之众多、题材之广泛，还是就其艺术之高超、影响之深远来说，都是空前的。我们要继承和研究这份宝贵的遗产，吸收其精华，期望有一天再创造出一个中国诗歌的新高峰。

宋代的诗

宋代是继唐代之后又一个诗歌艺术最发达的朝代，就留存到今天的宋诗总量说，要远远超过唐诗。

宋代诗人很懂得唐诗的价值，很注意向唐代诗人学习，如李白、杜甫、韩愈、刘禹锡、李商隐以及晚唐一些诗人都曾是宋代一些诗人学习的对象。在继承唐诗传统的基础上，他们又另辟蹊径，有了自己的创造，因而形成了自己独具的特色。关于唐诗和宋诗孰优孰劣，几百年来一直争论未休，很难下一个精确的论断。从两代诗歌的总体成就来看，唐代诗歌的成就要更高一些，对后世和世界的影响要更大一些，这恐怕是不争的事实。一位专家说："就内容论，宋诗较唐诗更为广阔。就技巧论，宋诗较唐诗更为精细。然此中各有利弊，故宋诗非能胜于唐诗，仅异于唐诗而已。"（缪钺《论宋诗》）这是比较允当的评价。

北宋诗歌

北宋初年，杨亿、刘筠、钱惟演等人在皇帝的秘阁（藏书处）编书，经常写诗唱和，后来编成《西昆酬唱集》（传说神仙所住的西方昆仑山上有座藏书楼，故用"西昆"比喻皇帝的秘阁）。他们刻意模仿晚唐诗人李商隐，追求辞藻的华丽，堆砌典故，诗歌内容浮泛空虚，造成很坏的诗风。由于这些人社会地位高，故影响很大。

在“西昆体”盛行时期，没有受其影响并有自己独特创造的诗人是王禹偁（chēng）、梅尧臣和苏舜钦。王禹偁受白居易的影响，关心民生疾苦，感情真挚，诗风流畅自然。且读他的一首《村行》：

马穿山径菊初黄，信马悠悠野兴长。
万壑有声含晚籁，数峰无语立斜阳。
棠梨叶落胭脂色，荞麦花开白雪香。
何事吟余忽惆怅，村桥原树似吾乡。

“野兴”，就是久住城市之后，置身于大自然之中的那种开朗、清新的感受。颔联是名句：沟壑中的草木在晚风中发出那种特有的声响，仿佛在倾诉着什么，座座山峰在夕阳的余晖中默然伫立，仿佛在冥想着什么。这一联就是所谓的“诗眼”，对仗工稳，妥贴自然，表达出人们感受过而又未说出的那种感觉，令人不禁称妙。棠梨叶落，荞麦花开，村头的桥，原野的树，这一切和作者家乡的景象又多么相似呵！于是勾起他一股浓郁的乡思，同时也引发了读者不尽的联想。这首诗是在真情实感的催动下写出来的，是创作，不是编造，因而真切感人。

苏舜钦也是宋初有成就的诗人。他做过两任地方官，曾因直言敢谏一度被削职为民。他的诗劲健有力又平易近人，受到欧阳修的高度称赞。可惜由于宦途多舛，只活了40多岁便死了。他的七绝《淮中晚泊犊头》传诵最广：

春阴垂野草青青，时有幽花一树明。
晚泊孤舟古祠下，满川风雨看潮生。

晴朗的田野好看，阴天的原野同样美好。坐着小船沿淮河航行，在幽暗的氛围中突然发现岸上一树明丽的鲜花，该是多么令人兴奋！傍晚停泊在古庙旁边，诗人躲在船篷下看满川风雨大作，河中波起浪涌，又是多么富有生气。全诗由静写到动，表现出大自然的一派生机，也描绘出诗人细腻的感受。这首诗和唐代诗人韦应物的名句“春潮带雨晚来急，野渡无人舟自横”相似，但绝非抄袭，而是创造，也许比韦诗还要好。

梅尧臣与苏舜钦齐名，时称“苏梅”，都是欧阳修的好友。梅尧臣的诗古朴淡雅又刻画入微。他的夫人谢氏死后，他深情地写了几首《悼亡》诗，我们试读其中一首：

每出身如梦，逢人强意多。
归来仍寂寞，欲语向谁何？

窗冷孤萤入，宵长一雁过。
世间无最苦，精爽此消磨。

由于悲伤过度，每次出门都精神恍惚如在梦中，见人勉强寒暄更增痛苦。回到家中无人共语，在无眠的寂寞中觉察到孤萤透窗而入，一雁掠空而飞。世间没有比此更痛苦的事了，全副精神在其中消磨殆尽。全诗情景融合无间，把失偶的悲凉完全喻示出来。他的一些描绘民生疾苦的诗更有价值，与杜甫有相一致之处。

欧阳修（1007—1072），字永叔，自号醉翁，又号六一居士，是北宋一代文坛领袖，既是学者，又是文人。他和梅尧臣、苏舜钦等人共同致力于诗歌创作，矫正了“西昆体”的流弊，为宋代诗歌发展做出了贡献。我们都知道宋代是边患最严重的朝代。北宋初年主要是北方契丹族建立的辽朝时常侵扰，两朝边界的居民受害最深。欧阳修的《边户》诗就反映了这种现实：

家世为边户，年年常备胡。
儿童习鞍马，妇女能弯弧。
胡尘朝夕起，虏骑蔑如无。
邂逅辄相射，杀伤两常俱。
自从澶州盟，南北结欢娱。

虽云免战斗，两地供赋租。
将吏戒生事，庙堂为远图。
身居界河上，不敢界河渔。

边界居民为防御契丹人的骚扰，妇女儿童都练骑马射箭，面对敌人骑兵竟毫不畏惧，互相对射。公元1004年，辽、宋在澶州有一次交战，宋胜辽败，可是宋真宗在战胜的条件下和辽朝签订了屈辱的和约，史称“澶渊之盟”，每年向辽朝输币纳贡。诗中的“南北结欢娱”实际带有讽刺意味，“庙堂（北宋朝廷）为远图”也是暗讽屈辱投降政策。战争虽然暂时避免了，可是边界居民的苦难并未解除，要同时向南北两个政权缴纳租赋，又不敢在界河中撒网捕鱼。全诗明白晓畅，有坚实的内容和可贵的思想。欧阳修受韩愈的影响，诗如散文，有较多的议论，在一定程度上影响了诗的形象性，这后来发展成宋诗有别于唐诗的一个重要特点。

稍后于欧阳修的重要诗人是王安石。王安石（1021—1086），字介甫，号半山，是北宋著名大政治家，在宋神宗时实行过变法，晚年隐居江宁（今南京）。他是“唐宋（古文）八大家”之一，又是著名诗人。他的绝句最为有名，情感真切，对偶、用字都极为讲究，达到了最高水平。如《书湖阴先生壁》：

茅檐长扫静无苔，花木成畦手自栽。
一水护田将绿绕，两山排闼送青来。

湖阴先生是王安石晚年隐居时的邻居杨德逢的别号。这首诗赞赏了其居所的景致。主人爱整洁，爱自然美，“长扫”、“自栽”又表明其勤快，可见是个充满生活情趣的人。从窗口向下看，一条白亮的水渠将绿色的秧苗围护起来；抬眼望，南面的两座山峰推开屋门将青翠的山色送到房间中来。仿佛有情的大自然也来助成他居所的美。这首诗反映了中国人特有的同大自然平等和谐的情感。他的五言绝句《梅花》也是名作：

墙角数枝梅，凌寒独自开。
遥知不是雪，为有暗香来。

中国人特别喜爱梅花，用它来象征人的高洁的品格，因而梅花成了诗、画作品常见的题材。常见的梅花有白、红两种，这里咏的是白梅。它和白雪同色，以其特有的芬芳预报春天的消息。诗人以其敏锐的感觉和细腻的情思歌咏它，表达了对春来的喜悦。王安石的绝句思想新颖，功夫老到，有人把他同唐代的绝句高手杜牧相提并论。

北宋时代的诗歌到苏轼、黄庭坚出现之后，才达到高峰。

苏轼（1037—1101），字子瞻，号东坡居士，四川眉山人。他是宋代古文大家，又是诗人、词人、画家、书法家，在上述任何方面都是佼佼者，是个全面的文学艺术天才。他做过多任地方官，官至礼部尚书。他一生多次被诬陷，遭贬谪，流徙各地，饱尝了宦海浮沉的苦涩滋味。可是他生性旷达乐观，笑着面对生活，在学问和诗文创作上不懈地努力追求，终于以其杰出的文学成就在文学史上留下了不朽的美名。

苏轼是个有操守有良心的好官，所到之处都为百姓做些好事。他的好些诗都描述了百姓的困苦，下面这首《雨中游天竺灵感观音院》便是其一：

蚕欲老，麦半黄，山前山后雨浪浪。
农夫辍耒女废筐，白衣仙人在高堂。

蚕要吐丝了，麦要收割了，可是遇上了连阴天，大雨连绵不止，农夫不能下田，农妇不能采桑，眼看平日的辛劳就要付诸东流，靠什么度日？诗人替农民心焦。观音菩萨（白衣仙人）本是救苦救难的，可是她却漠然地坐在庙堂里无动于衷。苏东坡博学，深通佛理，但他不相信泥胎木塑的菩萨能有灵验，故予以讥讽。也有人认为诗人是借

“白衣仙人”讽刺那些尸位素餐、不关心民瘼（mò）的官老爷，这也是可能的。

有人曾用“清雄”两字概括苏诗的风格。所谓“清”，就是清新自然，所谓“雄”，就是雄健奔放。下面这首《有美堂暴雨》就有一股磅礴的气势：

游人脚底一声雷，满座顽云拨不开。
天外黑风吹海立，浙东飞雨过江来。
十分潋滟金樽凸，千杖敲铿羯鼓催。
唤起谪仙泉洒面，倒倾鲛室泻琼瑰。

有美堂在杭州吴山之上。炸雷起于脚底，可见大雨来势之猛；顽云拨不开，形容乌云铺天盖地无可躲避。雨势使作者联想到仿佛天外来的一股黑风把大海都掀立起来，形成这场从钱塘江（浙江）以东飞临的大雨。荡漾着的西湖犹如倒满的酒杯，水面似乎都已凸起，无数雨点落向水面，像万千鼓槌击鼓催战。最后两句作者突发奇想，想起了被称为“谪仙人”的李白。据《旧唐书》说，唐明皇想让李白作诗，发现李白已喝得酩酊大醉，便让人往他脸上洒清水才使李白清醒过来。苏轼想象：大约老天为了唤醒李白作诗，也采用了唐明皇的办法，不过它就不是用一杯水，而是把海底的水全都倾倒出来，因而形成一场特大暴雨。

鲛室，就是海底，传说海底生活着一种鲛人。琼瑰是美好的玉石，在此形容雨水。诗中“顽云”、“黑风”、“飞雨”等处修辞奇特而又准确，加上浪漫的想象，飞动的气势，形成了雄放的风格。

在宋哲宗时代，由于蔡京等政敌的陷害，苏轼被一贬再贬，一直被流放到海南岛，直到哲宗死去才遇赦北还。在北归时他写了一首《六月二十日夜渡海》：

参横斗转欲三更，苦雨终风也解晴。
云散月明谁点缀？天容海色本澄清。
空余鲁叟乘桴意，粗识轩辕奏乐声。
九死南荒吾不恨，兹游奇绝冠平生。

从参星和北斗星转移的位置判断夜已近三更，这时连绵的风雨也都骤然停止。天晴月朗连一丝云彩都没有留下，天空和大海都现出本来澄明清澈的面目。这两联是写景，其中也寓有政局已清明，他自己的磨难已终止之意。下两联是议论。孔子曾说过“道不行，乘桴浮于海”，即他的主张不得实行，那就乘木筏漂洋过海去隐居起来。《庄子》里有“帝张《咸池》之乐于洞庭之野”的说法，即黄帝曾在洞庭湖畔演奏过《咸池》乐曲。苏东坡诗里说，自己想效法孔子漂洋过海去隐遁的想法落了空，但是却听到了犹如《咸池》之乐的大海雄壮的涛声，也算是一种收获了。自己被流放到蛮荒的海南，吃尽苦头，但却观赏了一生从未见过的自然美景，领略了淳朴美好的海南风情，因此吃再大的苦，甚至多次濒临死亡的危险，都无悔无怨。苏东坡这种旷达的襟怀和乐观的生活态度，不多见，很可爱。

苏东坡还有许多活泼精巧耐人寻味的小诗广被传诵，如《六月二十七日望湖楼醉书五绝》之一首：

黑云翻墨未遮山，白雨跳珠乱入船。
卷地风来忽吹散，望湖楼下水如天。

这乃是杭州景致。一场急雨，来得猛，走得快，一阵过后依然是亮瓦晴天。“黑云翻墨”、“白雨跳珠”两句活泼生动，恰到好处，全诗把雨前雨后的景象描绘殆尽。又如诗人被贬黄州时写的《东坡》：

雨洗东坡月色清，市人行尽野人行。
莫嫌荦确坡头路，自爱铿然曳杖声。

东坡是诗人在黄州居住的地名，后来他以此作号。这首诗是写他一个人月夜散步的感受。雨过天晴，月光如水，为生活奔波的人都已散尽，把美好的月夜留给了“野人”（作者当时有职无权，逍遥散淡，故自称“野人”）。“荦确”指凸凹不平的石头。诗人孤独，苦闷，但他仍在观赏自然之美，享受清静之乐，连拄杖碰击石头的铿然一响，都使他感受到生命的喜悦。读了这首诗，人们可能联想到人生道路的崎岖以及人应取的生活态度。在逆境中同样应该享受生活，这正是作者要告诉人们的。苏东坡还有一些这类小诗，通常被称为理趣诗，如大家都熟悉的“不识庐山真面目，只缘身在此山中”（《题西林壁》），还有《琴诗》等。在诗中讲道理，或者说在诗中透露出一些哲理，这是宋诗的一个特点，也是苏东坡诗的一个特点。

有人把苏轼比作宋代的李白，有一定道理。李白和苏轼当然不同，但有共性，就是都具备一种浓厚的浪漫气质，体现在作品中就是一个“放”字。不同的是，李白是“狂放”，苏轼是“奔放”。“奔放”，其中蕴含着某种理性，所以更令人感到亲切。

如同把苏轼比作李白一样，还有人把与苏轼齐名的大诗人黄庭坚比作杜甫。

黄庭坚（1045—1105），字鲁直，自号山谷道人。他在朝廷和地方都做过官。王安石变法之后形成的新党、旧党的斗争延续多年，黄庭坚受牵连两次被贬，最后在贫病中死于今广西宜山县。他敬仰杜甫，主张作诗“无一字无来处”，化用古人诗文入诗，叫做“点铁成金”。很多诗人受其影响，形成一个诗派，因黄庭坚是江西人，就被称作“江西诗派”。诗歌如一切艺术一样，贵在创新，因此黄庭坚的主张是不足取的。但黄庭坚本人学识渊博，才气很大，其诗歌有新创造，形成了自己独特的“瘦硬”风格，即追求骨力劲健，不求肌体丰腴。我们试读他写给好友的一首《寄黄几度》：

我居北海君南海，寄雁传书谢不能。
桃李春风一杯酒，江湖夜雨十年灯。
持家但有四立壁，治病不蕲三折肱。
想见读书头已白，隔溪猿哭瘴溪藤。

黄庭坚主张“点铁成金”，所以其诗用典特多，不容易读懂，这首诗至少有四处用典。第一句是说他自己在北方德州做官，黄几度在南方四会县做官，一南一北不能见面。《左传》里记载齐桓公攻到楚国，楚国君主对齐桓公说“君处北海，寡人处南海”，没有利害冲突，你为什么攻打我们？“北海”“南海”的说法即本此，以求“无一字无来处”。第二句是说想给你寄一封信也办不到。这里化用了《汉书》里苏武从北海用鸿雁向家乡传书的典故。传说大雁秋季南飞到湖南衡阳就不再走了，而四会更在衡阳之南，所以大雁也谢绝传书。三、四两句是说，想当年我们曾在桃李春风中饮酒畅谈多么痛快，可自那之后一别10年，只有每天挑灯夜读时彼此深情地想念。这两句是倍受赞赏的名句。第五句是赞扬黄几度为官清廉，家徒四壁。《史记》里说大文豪司马相如很穷，“家居徒四壁立”，诗中用的就是这个典故。第六句是说黄几度政治经验已十分丰富，可以做大事。《左传》里有“三折肱，知为良医”的话，意即：折断三回胳膊，积累了治病经验就可当好医生了。黄诗用做良医比喻当好官称赞其朋友。最后两句是说，想象你10年来刻苦读书，头发大概都已花白了吧？可是仍不得朝廷重用，隔岸树藤中猿猴的鸣叫声仿佛都像在为你悲泣。诗的蕴含很丰富，有思念，有回忆，有赞许，有关切，有同情，有牢骚。说有牢骚是因为黄庭坚自己也是官场失意，和朋友的命运一样，诗中深含感慨。黄诗除艰涩难读的一类之外，还有一些明白如话的小诗，如：

四顾山光接水光，凭栏十里芰荷香。
清风明月无人管，并作南楼一味凉。

题名是《鄂州南楼书事四首》，这是其一。鄂州治所在今武汉，那里夏季是“大火炉”。远处有山光水色，近前有十里荷花，在寂静无人的清风明月之夜到这里享受难得的清凉是一大快事。诗句朗朗上口，轻灵自然，读后令人产生快感。

黄庭坚是“苏门四学士”之一，是被苏轼赏识和奖掖的人。他比苏轼小八岁，关系在师友之间，极为亲密。苏轼在贬谪岭南期间作了许多和陶渊明的《归田园居》差不多的诗。苏轼死后，黄庭坚作了一首《跋子瞻和陶诗》称赞他：

子瞻谪岭南，时宰欲杀之。
饱吃惠州饭，细和渊明诗。
彭泽千载人，东坡百世士。
出处虽不同，风味乃相似。

苏轼是被其政敌流放的，他们想置他于死地。然而苏轼处之泰然，仍然作和陶诗明志和自慰。黄庭坚说苏东坡和陶渊明两人平生境遇并不一样，但他们的高尚节操和人生态度却十分相似，都将名传千年百代而不朽。中国向来有“文人相轻”一说，其实并不尽然，杜甫和李白的关系，黄庭坚和苏东坡的关系都是反证。黄庭坚还有一首怀念诗友的诗：

闭门觅句陈无己，对客挥毫秦少游。

正字不知温饱未？西风吹泪古藤州。

这是怀念著名诗人陈师道和悼念著名词人秦观的。陈师道，字无己，号后山居士，官秘书省正字，是江西诗派的重要诗人，生活清贫，常衣食无着。据说他有了创作冲动时，赶紧回家，关门上床，蒙上大被构思，有时达一整天，因而有“闭门觅句”之称。秦观，字少游，号淮海居士，也曾官秘书省正字，是“苏门四学士”之一。秦观文思敏捷，常“挥毫万字”，一口气写出。黄庭坚深情地想起他们：不知道穷困的陈师道是否得到温饱？而秦观已于贬所藤州溘然永逝。

黄庭坚是江西诗派的创始人，生前就已文名远播，然而他也如他的朋友秦观一样被流放，被迫住在宜州（今广西宜山县）城头残破的戍楼里，并在那里凄凉地死去。

南宋诗歌

公元1126年，北方金兵攻入宋朝首都开封，俘虏了徽、钦二帝，北宋至此灭亡。1127年宋高宗在南半个中国建立政权，后定都临安（今杭州），这就是南宋。

南宋时代的诗虽然仍受着江西诗派的影响，但巨大的兴亡巨变改变了诗人们的心境，使南宋时代的诗歌具备了时代特征，其最大成就是以陆游为代表的爱国诗，其次是以范成大为代表的田园诗。

南北宋之交的杰出诗人是陈与义。陈与义，字去非，号简斋。他景仰杜甫，南渡以后对杜诗有了更深的体会，逐渐形成了自己慷慨悲凉的风格。如《雨中再赋海山楼》：

百尺阑干横海立，一生襟抱与山开。
岸边天影随潮入，楼上春容带雨来。
慷慨赋诗还自恨，徘徊舒啸却生哀。
灭胡猛士今安在？非复当年单父台。

海山楼在广州。诗中充溢着浓郁的伤时忧国的感情。楼头的栏杆面海而立，眼前壮阔的景象正好用来象征诗人报效国家的博大襟怀。岸边的土地和头上的天空随同海潮一并送入诗人眼帘，海山楼四围的春色携带绵绵细雨一并来到楼前。大好河山自然地撩起诗人的爱国之情。半壁山河失陷，自己无力回天，只有抱着刻骨的遗憾赋诗言志，用长声舒啸来排解胸中的抑闷。不见“灭胡猛士”是国家的悲剧。尽管自己登楼赋诗与当年杜甫登单父台赋诗相像，但情感却又大不相同。杜甫登单父台正值唐朝鼎盛时期，君臣相得，国家富强；而自己此刻面对的却是山河破碎的现实，国家民族陷入苦难之中。单父台在今山东单县，是孔子弟子宓子贱当年抚琴的地方。陈与义写过一首著名的小诗《牡丹》，意味深长：

一自胡尘入汉关，十年伊洛路漫漫。
青墩溪畔龙钟客，独立东风看牡丹。

陈与义是洛阳人。伊、洛即伊水和洛水，洛阳即是洛水之北的意思。青墩溪在浙江桐乡县。龙钟客，指年老体弱的人。自从金人入侵，淮河以北的土地沦陷于敌人之手，作者已有10年不见家乡的容颜了。洛阳以盛产牡丹名闻天下，此刻作者在遥远的异乡独自一人默默伫立在春风之中，注视着故乡的名花。“独立东风”一句涵着多少意思？粗说，可以说是国破家亡的遗恨；细说，则可能包括对种种往事的回忆，对将来的种种预测和憧憬，等等。作者没说出来，读者可作合理的联想，这就是言有尽而意无穷了。

在南宋有“中兴四大诗人”的说法，这是指尤袤、杨万里、范成大、陆游四人说的。这四人年龄相仿，且是好友。其中的尤袤留存下来的诗少而且差，所以不被称道，其余三人名气都很大。

杨万里，字廷秀，号诚斋。他的诗开始学黄庭坚，后来改学晚唐诗歌，形成了自己活泼、平易、自然的风格。如他的《插秧歌》：

田夫抛秧田妇接，小儿拔秧大儿插。
笠是兜鍪（dōu móu）蓑是甲，雨从头上湿到胛。
唤渠朝餐歇半霎，低头折腰只不答。
秧根未牢莳未匝，照管鹅儿与雏鸭。

田夫、田妇、小儿、大儿，全家总动员。雨天插秧，雨笠像是战士的头盔，蓑衣像是铠甲，尽管这样还是从头到肩胛都湿透了。抢农时，连吃早饭都顾不上了，只管低头干活。未等秧苗侍弄妥贴，又要忙去照料鹅鸭。全诗形象地描绘了一个“忙”字，然而“苦”字也透露出来，诗人的同情也就不说自明了。这就是“意在言外”。他的小诗《宿灵鹫寺》既是写景又像说理，很有趣：

初疑夜雨忽朝晴，乃是山泉终夜鸣。
流到前溪无半语，在山做得许多声。

灵鹫寺在江西广丰县。夜间住在寺里，像是下了一夜大雨，待早晨起来看，才明白根本没有雨，是急湍的山泉扰了诗人一夜。泉水在山里响个不停，流到山下的溪流里就没动静了。有过这种经历的人就知道，诗人描绘得非常贴切。有人说这是一首寓言诗，用泉水比喻读书士子，在野时有许多激昂慷慨的议论，待到当上官就一声不吭了。这么理解也很贴切，作者本意很可能就是双关的。

范成大，字致能，自号石湖居士，以善写田园诗闻名后世。中国古代是农业社会，农村生活自然成为诗歌创作的重要题材。在王维一类诗人笔下只写农村的幽静闲适，不写农村的苦楚；在王建一类诗人笔下农民的苦难表达得很充分，但极少有淳朴善良的风俗和生活情趣的描绘。范成大两者都写，凭着爱的感情去写，凭着高超的艺术造诣去写，因此可以说他的田园诗超迈往者，后来也没有人超得过他。我们从他的《四时田园杂兴》(共48首)中选出几首欣赏一下：

蝴蝶双双入菜花，日长无客到田家。
鸡飞过篱犬吠窦，知有行商来卖茶。

夏日的农村很恬静，双双对对的蝴蝶在菜花田里无声地飞舞，这时突然鸡飞狗叫，有个行商出现在村子里，大家纷纷出来买茶，呼兄唤嫂，携儿抱孙，和小贩讨价还价，小村里顿时热闹起来，这是多么好的一幅风俗画！诗人以和农民平等的感情将它写出来，这本身就是美。

昼出耘田夜绩麻，村庄儿女各当家。
童孙未解供耕织，也傍桑荫学种瓜。

男耕女织是农村的基本劳动内容，男女都要各司其职。幼童整日整年看到的就是这些，所以他们的游戏也是模仿大人劳动。为什么不种麻偏种瓜，因为瓜甜，是农村孩子仅能享到的口福，这里又把儿童的天真心理透露出来，令人爱怜之情油然而生。

新筑场泥镜面平，家家打稻趁霜晴。
笑歌声里轻雷动，一夜连枷响到明。

这里描绘丰收的景象。粮食就是农民的性命，有希望全家吃上饱饭，累死都心甘情愿。连枷是打稻的用具，打在稻穗上发出啪啪的响声。在歌声笑语中他们一直干到天明。上面的三首都是写常年或丰年的景象。为了活着，农民还要经受许多苦涩艰难：

采菱辛苦废犁鉏，血指流丹鬼质枯。

无力买田聊种水，近来水面亦收租。

没钱买田或租田的农民就到水里讨生活，种菱角卖钱度日，手指被扎得流血，由于劳累和饥饿，人变得又黑又瘦像个活鬼。可是官府连这样的农民也不放过，水面也要索取赋税。逢到灾年，苦难就更说不尽，下面这首诗真是刻画入骨了：

黄纸蠲（juān）租白纸催，皂衣旁午下乡来。
“长官头脑冬烘甚，乞汝青铜买酒回。”

“黄纸”指皇帝的诏令，“白纸”指县官的文书。皇帝下诏免除灾民的赋税，可是县官照旧发下文书索租。穿黑衣的公差纷纷下乡催逼农民，这正是他们敲诈勒索的机会。他们对农民说：“我们长官头脑糊涂（冬烘即糊涂），好糊弄，只要你给我足够的买酒钱我就走，不为难你。”“旁午”是纷繁交错的意思，可见索租的皂隶不是一拨，农民要向他们一次次行贿，好酒好肉招待，有多少苦水都得强忍着咽进肚里。

“中兴四大诗人”成就最高的诗人当属陆游。陆游（1125—1210），字务观，自号放翁，山阴（今浙江绍兴）人。他出身于官宦世家，在动乱中度过他的童年时代，受家庭和社会影响，成长为一名热诚的爱国志士。中年时代在南郑有过一段从军的经历，直至85岁去世，大半生都在宦海中浮沉。贯穿陆游一生的理想和信念，就是杀敌报国，收复北方半壁山河，重建统一的祖国。他一生留下9000多首诗，大多是忧国爱民之作。青年时期他就写过“平生万里心，执戈王前驱。战死士所有，耻复守妻孥”的豪壮诗句。这种信念一贯坚定，老而弥坚，直至他离开人世。我们先读他一首古诗《关山月》：

和戎诏下十五年，将军不战空临边。
朱门沉沉按歌舞，厩马肥死弓断弦。
戍楼刁斗催落月，三十从军今白发。
笛里谁知壮士心，沙头空照征人骨。
中原干戈古亦闻，岂有逆胡传子孙？
遗民忍死望恢复，几处今宵垂泪痕！

这首诗写于宋孝宗向金人屈辱求和之后的第14年（15年是约数），在这期间南宋朝廷一直苟且偷安，引得诗人无比悲愤。权门在歌舞享乐，战马肥死，弓弦朽断也不敢开战。守边将士等到头白也没有为国一战的机会，他们在笛声中抒发的壮烈情怀谁能理解？过去战死沙场的将士的白骨仍暴露野外，无人替他们报仇。中原地区自古以来人民就英勇善战，怎能让女真侵略者在这里繁衍子孙？沦陷区的百姓在水深火热中盼望着南宋朝廷来解救他们，有多少人此时此刻在屈辱地哭泣！公元1178年，陆游从四川回临安路过忠州，凭吊了杜甫当年的故居，写了《新兴寺吊少陵先生寓居》：

中原草草失承平，戍火胡尘到两京。
扈跸（bì）老臣身万里，天寒来此听江声。

当年安禄山叛变，中原大乱，唐朝的两京（洛阳和长安）失陷，扈跸（随侍皇帝的）老臣杜甫被迫流寓四川，在万里长江的波涛声中怀念战乱的中原。陆游是借凭吊杜甫来抒发自己和杜甫一样的忧国之情。笔者曾看到成都杜甫草堂里，杜甫塑像两边坐着黄庭坚和陆游，人们认为他们是杜甫的传人。如果说黄庭坚主要是继承了杜甫写诗的艺术技巧，那么陆游主要是继承了杜甫的爱国之心。也是在从四川东归的途中，陆游又写了一首《楚城》凭吊屈原：

江上荒城猿鸟悲，隔江便是屈原祠。
一千五百年间事，只有滩声似旧时。

此时距屈原的时代已过去1500多年，时代已经大变，但读者可以联想到还有一点共同处，就是凭吊者和被凭吊者都生活在国家危难之时，都是爱国者，因此陆游才深情地写了这首诗。由屈原到杜甫到陆游，伟大的爱国精神一脉相承。陆游60岁时写的一首《书愤》很有名：

早岁那知世事艰，中原北望气如山。
楼船夜雪瓜洲渡，铁马秋风大散关。
塞上长城空自许，镜中衰鬓已先斑。
出师一表真名世，千载谁堪伯仲间。

年青时不懂世路艰难，北望中原意气满怀，准备驰骋疆场干一番大事业。他曾经历南宋主战派建造高大战船在瓜洲渡口抵御金主完颜亮南侵，使他精神上受到很大鼓舞。他自己也有过从戎南郑身骑战马亲临大散关前线的经历，使他颇感自豪。然而进军中原终于没能成为事实。南朝刘宋时期的大将檀道济曾以保卫国家的“万里长城”自比。诗人年轻时也曾以“塞上长城”自许，可是如今无情的岁月已使他两鬓斑白，抱负落空，只有扼腕叹息了。这时诗人又想起三国时代的诸葛亮为北伐中原耗尽毕生心血，“出师未捷身先死”（杜甫句），然而他写的《出师表》却流传天下，千百年来很少有人能和他的功业相比。最后笔锋陡然一转，去颂扬赍志以殁的诸葛亮，引发读者许多联想，余韵无穷。

南宋朝廷是个腐朽无能的朝廷，有志之士很难有所作为，因而使得陆游常常产生厌倦情绪。他的有名的七律《临安春雨初霁》就表达了他的这种心情：

世味年来薄似纱，谁令骑马客京华？
小楼一夜听春雨，深巷明朝卖杏花。
矮纸斜行闲作草，晴窗细乳戏分茶。
素衣莫起风尘叹，犹及清明可到家。

京城临安官僚们争权夺利，人情淡薄，使诗人产生出一种自怨自艾、无可奈何的心情。春天来了，清晨雨霁，有姑娘沿街叫卖初开的杏花，这样美好风情仍不能使诗人开心。无聊时就练习书法和品茶来消磨时光。晋朝诗人陆机有“京洛多风尘，素衣化为缁”的诗句，陆游化用其意说，不用担心京城的灰尘染黑干净的衣服（隐喻不要让腐败的世风污染了纯洁的灵魂），清明节前就可赶回可亲可爱的家中去了。陆游非常热爱自己的家乡，和农民父老有着和谐亲爱的关系和感情。他在一首诗中记述他到农村向穷苦百姓送药治病的情形：“驴肩每带药囊行，村巷欢欣夹道迎。共说向来曾活我，生儿多以陆为名。”淳朴的农民为纪念陆游的活命之恩，很多人都用“陆”字给孩子命名。

他在中年时期写的《游山西村》也是写他和农民间的美好感情：

莫笑农家腊酒浑，丰年留客足鸡豚。
山重水复疑无路，柳暗花明又一村。
箫鼓追随春社近，衣冠简朴古风存。
从今若许闲趁月，拄杖无时夜叩门。

腊酒是农民自酿自用的酒，于腊月酿制，故名。豚就是猪。丰收年，农民有酒、有鸡、有猪肉招待陆游。颔联是人们都熟悉的名句，人们在遇到难题突然找到解决办法时，常引用这联诗句，那是引申其义而用之，其本意还是写景。春社是于春天举行的祭祀土神的节日，农民靠土地为生，所以这个节日很隆重，很热闹，他们也借此娱乐自己。农民世代一贯的简朴生活和纯真的感情使诗人留恋不已，很愿意在闲暇时间常去拜访他们。

陆游是个多情和钟情的人。他与第一个妻子唐琬婚后感情甚笃，因陆母不喜欢唐琬，终于将他们拆散。后来他们在沈园不期而遇，有诗互相赠答，其后不久唐琬就死去了。陆游到晚年还在写诗怀念她：

梦断香消四十年，沈园柳老不吹绵。

此身行作稽山土，犹吊遗踪一泫然。

这是一出爱情悲剧，发生在陆游身上，千载之下仍令我们为之叹惋。

陆游于1210年逝世。临终前仍作诗嘱咐其儿孙：“王师北定中原日，家祭无忘告乃翁。”他是中国文学史上伟大的诗人之一。有人称他为“小李白”，有人将他的诗比作杜诗，称之为“诗史”，都说明后人对他评价之高，热爱之深。他的执着一贯的爱国情感，他的才气豪健的艺术风格，在诗史上并不多见。爱国主义是一种永恒的情感，特别是当国家面临外敌入侵时，陆游的诗就更显出其可贵的价值。近代学者梁启超曾写道：“诗界千年靡靡风，兵魂销尽国魂空，集中十九从军乐，亘古男儿一放翁！”

到南宋后期出现过被称为“永嘉四灵”和“江湖诗派”的一些诗人，他们是以“江西诗派”反对派的面目出现的。“永嘉四灵”（因其四个成员名号中都有一个“灵”字而得名）诗格不高。“江湖派”中刘克庄、戴复古比较有名，但其总体成就不大，和其前辈不能相比，故这里就不多介绍了。

宋朝末年出现了一批爱国诗人，其中最突出的是抗元英雄文天祥。文天祥（1236—1282），字履善，自号文山。他先中状元，后任宰相，所以有“状元宰相”之称。宋末大乱中，他义无反顾地起兵领导抗元斗争，历经险难，在1276年被俘。元将张弘范逼降，文天祥出示《过零丁洋》诗，其中有“人生自古谁无死，留取丹心照汗青”一句，张弘范知他不可逼，便把他解往大都（今北京）。元世祖忽必烈劝他给蒙古人做官，仍被他拒绝，囚禁三年后在柴市就义。他死后，人们在他衣带里发现一张纸条，上写：“孔曰成仁，孟曰取义；惟其义尽，所以仁至。读圣贤书，所学何事？尔今尔后，庶几无愧。”为民族大义，宁死不屈，果然其丹心光耀千载历史。我们先读他一首《真州驿》：

山川如识我，故旧更无人。
俯仰干戈迹，往来车马尘。
英雄遗算晚，天地暗愁新。
北首燕山路，凄凉夜向晨。

这是作者被俘后解往大都途经真州（在今江苏）时写的。山川依旧，故人星散；到处是战乱的痕迹，囚车行进在车尘马足之间。他回顾几年来的经历，觉得朝廷失策，未能充分发挥自己的作用，导致覆亡，天地间都充溢着亡国的愁怨。自己被解往燕山方向，夜已向尽，迎来的是又一个凄凉的早晨。文天祥的不朽之作，当然要首数《正气歌》。诗的开头就气概不凡：

天地有正气，杂然赋流形：
下则为河岳，上则为日星；
于人曰浩然，沛乎塞苍冥。
皇路当清夷，含和吐明庭；
时穷节乃见，一一垂丹青。

作者从儒家世界观出发，认为天地间存在着一种磅礴的正气，这正气形成宇宙间的万事万物。地上的高山大川，天上的日月星辰，都是永恒的正气的象征。人秉承这种浩然正气才成为人。浩然正气充塞宇宙，无所不在。当天下太平时，正气表现为朝廷政局的和谐；一旦临到危难，人们的高尚气节就表现出来，并在历史上永垂不朽。接着作者罗列出12位历史上表现出浩然正气、视死如归、大节不亏的英雄人物进行歌颂。作者认为自己成为囚徒，关在阴暗的牢房里，过着非人的生活，可是居然什么疾病都染不上，就是因为具备这种浩然正气，凭借巨大的精神力量活了下来。诗的最后，作者写道：

顾此耿耿在，仰视浮云白。

悠悠我心忧，苍天曷有极！
哲人日已远，典刑在夙昔：
风檐展书读，古道照颜色。

文天祥对国家民族忠心耿耿，把荣辱生死看得像浮云一样无所谓。但忧国忧民之心仍像天空一样没有终极！历史上的贤哲（如孔、孟）已经远隔，历史上的英雄典型已成过去，但他们的思想和精神永在，在屋檐下展读历史，那种不朽的民族精神仍在照耀着自己，激励自己去成就高尚完美的人格。

《正气歌》在历史上曾激励过无数有志之士。特别是当国家民族处于危难时，《正气歌》就成为极好的教材。文天祥的名字总是和“正气”联在一起。文天祥和《正气歌》永远不会被人们遗忘。

汪元量是经历宋朝灭亡的诗人之一。他原本是侍奉谢太后的琴师。宋亡后，他随谢太后和幼主赵㬎（“显”的古字）一同被俘虏到大都。在大都期间他曾到狱中探视过文天祥。他的一些诗歌记叙了被俘北上的过程。我们试读其中两首：

乱点连声杀六更，荧荧庭燎待天明。
侍臣已写归降表，“臣妾”签名谢道清。

宋代宫廷里把一夜分为六更，比民间多一更。报更的鼓点已报六更过尽，庭院中照明的火把一直燃烧到天明。当时小皇帝赵㬎还是幼童，由谢太后（名道清）掌政，故侍臣已写好的降表要由她签名。堂堂大宋皇太后原是至尊至贵的人物，此刻不得不亲笔签名投降，还要卑躬屈膝自称“臣妾”，作者的讽刺之意与沉痛之情溢于言表。

青天淡淡月荒荒，两岸淮田尽战场。
宫女不眠开眼坐，更听人唱《哭襄阳》。

这是作者被押送北上时在船中所见。战后的景象荒凉残破，宫女们不知下一步等待她们的是什么样的命运，所以整夜不眠。这时听到岸上有人唱起追悼在襄阳被元军杀害的军民的悲歌，心中是何滋味？汪元量是个平民，目睹了南宋灭亡的全过程，他爱国之心不泯，写出这些令人心酸泪落的诗歌。

宋代的词

经五代动乱到赵宋王朝统一中国，诗歌的发展又进入一个新的时期。宋代诗人很注意向唐诗学习，同时又力图有新的创造，出现了许多著名诗人，如梅尧臣、欧阳修、王安石、苏轼、黄庭坚、陆游、范成大、杨万里等等。一般地说，宋诗有说理多、抒情少的倾向，一些诗显得枯淡少味，受到某些后人的讥评。但不可一概而论，像苏轼、陆游、范成大等人的诗自有特色，并不比唐人逊色。特别是陆游的诗歌以其炽热的爱国热情和慷慨奔放的风格受到后人的称颂。

如果说宋代的古、近体诗就其整体还不足与唐诗比肩，那么宋代的另一种诗歌体裁——词，却取得了很高的成就，焕发出灿烂的光彩。

词，起源于唐代民间，称“曲子词”，后被文人接受，改造成一种抒情诗样式，经五代时期，这种诗歌体裁渐趋成熟。晚唐五代最著名的词人有温庭筠、韦庄、冯延巳、李煜等。到两宋时代大发展，名家辈出，蔚为大观。宋代以词名家的人很多，如张先、柳永、晏殊、欧阳修、晏几道、苏轼、秦观、黄庭坚、贺铸、周邦彦、李清照、朱敦儒、张元幹、张孝祥、辛弃疾、陈亮、姜夔、刘克庄、吴文英、张炎等等。近人唐圭璋编辑的《全宋词》收入一千余家作者的近两万首作品。在讲具体作品之前，我们先简要了解一下关于词的格律特点。

词，还有“诗余”“乐府”“琴趣”等别称。它是一种格律诗的样式，特点是句式长短不齐，所以还叫“长短句”。习惯上又把词分为三类：58字以内的称“小令”，59字至90字的称“中调”，91字以上的称“长调”。不分段的叫作单调，分两段的叫作双调，分三段的叫作三叠，分四段的叫四叠，后两种不多见。每首词都有词牌，如《如梦令》《蝶恋花》《木兰花慢》《贺新郎》之类，原来是曲调名称，后来词和音乐脱离，这些词牌便只成了填词的格式。按其格式，作者可以填进任何内容，所以词牌不是标题，和内容无必然联系。词有自己的一套格律要求，我们看著名词人南唐后主李煜的《忆江南》：

多少恨，昨夜梦魂中。还似旧时游上苑，车如流水马如龙。花月正春风。

李煜投降宋朝后，做了阶下囚，回想当年帝王生活，写下这首充满留恋、悔恨感情的词。全词五句，二十七个字，三处用韵（中、龙、风）。其平仄格式是：

平仄仄，仄仄仄平平。仄仄平平平仄仄，平平仄仄仄平平。仄仄仄平平。

词对用韵的要求比近体诗宽（十九个韵部），但平仄要求严格。至于对仗，词里用得很少。据清代的《钦定词谱》等书统计，词牌多至八百余种（也就是说有八百多种格式），常用的只有一百多种。

我们知道，宋代分北宋（960—1127）和南宋（1127—1279）两大阶段。在这两个阶段里，国家民族的境遇很不相同，表现在词的创作上也呈现出不同的风貌。下面分两个时期简介宋代词人与其作品。

北宋词

北宋统一中国后，经济很快发展起来，尤其是工商业发展很快，城市普遍繁荣。词的创作和发展，适应了城市文化生活的需要。词这种诗歌体裁，在晚唐和五代多是写男女之情和闲愁离恨的，并认为这是词的本色。北宋初期的词仍是这样，多写花月闲愁之类的有闲阶级的情感。其中也有写得很精致的，如晏殊的《浣溪沙》：

一曲新词酒一杯，去年天气旧亭台，夕阳西下几时回？　无可奈何花落去，似曾相识燕归来，小园香径独徘徊。

其大意是：作了一首新词再喝上一杯酒（油然产生一种莫名的惆怅），天气同于去年，亭台依然如旧，可是夕阳已经西沉，又一天过去了，明天什么时候开始呢？花儿虽然鲜美可爱，可是谁也无法挽回它的凋零；那和去年一模一样的燕子又飞回来了（眼看美好的春天就要逝去），我独自一人在铺满落花的小径上来回漫步沉思。对月伤情，看花流泪，这是旧时代文人中时髦的感情。或由于失意，或由于无聊，他们经常写这类诗词排遣落寞的情绪。晏殊这首词由于“无可奈何花落去，似曾相识燕归来”一句情致缠绵，音调谐婉，被誉为名作。再读一首欧阳修的《生查子》（元夕）：

去年元夜时，花市灯如昼。月上柳梢头，人约黄昏后。　今年元夜时，月与灯依旧。不见去年人，泪湿春衫袖。

元夕，即正月十五元宵节。去年热闹的元宵月夜，与情人有过一次甜蜜的约会，快乐难忘；今年元宵夜一如去年，然而心上人不见了（可能是暂别，也可能是分手），孤独寂寞中不禁哭了一场。看样子是个女孩，“泪湿春衫袖”，可见是偷偷哭的，这是不好大哭大叫的。这首词在有的书中说是朱淑真作的。不管作者是谁，它写得情真意切，轻灵自然，是首好词。

柳永是北宋时期影响很大的一位词人。他官当得很不顺利，失意无聊，就和歌儿妓女混在一起，过着颓废放荡的生活。柳永一生致力于词的写作，善写羁旅别情，发展了“长调”词，语言通俗流畅，雅俗共赏，受到普遍欢迎。他的名作《雨霖铃》《望海潮》等至今为大家熟悉。我们欣赏他的《八声甘州》：

> 对潇潇暮雨洒江天，一番洗清秋。渐霜风凄紧，关河冷落，残照当楼。是处红衰翠减，苒苒物华休。惟有长江水，无语东流。　　不忍登高临远，望故乡渺邈，归思难收。叹年来踪迹，何事苦淹留？想佳人妆楼颙（yóng）望，误几回天际识归舟。争知我，倚栏干处，正恁凝愁！

这首词抒写自己奔波于仕途，漂泊在外，思念家乡和亲人的感情。词人看到江间天上飘下一场大雨，秋天的景物像被洗刷过一遍一样清新。秋风一阵紧似一阵，山河冷落萧条，落日的余晖映照楼头，益发令人惆怅。到处花残叶落，万物都收敛了生机。长江水也不再掀起波涛，默默无声地向东流去。此时此刻，词人不情愿去登高远眺，因家乡万里，渺茫遥远，思归的心情无法抑制。自问：一年来四处漂泊，到底是为了什么？想象中妻子（佳人）正在梳妆楼上企望着我的归来，多次错认天边的来船，一再失望。她怎么能知道我现在倚着栏杆，也为想她而这样愁思不解呢？用妻子的思念反衬自己的思念，很巧妙。上阕写景寓情，下阕写情寓景，全词情景交融，层层递进，语言晓畅，一气呵成，确是难得的好作品。

对宋词，人们习惯上把其分为“婉约”和“豪放”两大派。早期的词，内容单调，细腻柔弱，情绪婉约，属婉约派。到苏轼出现在词坛，词风为之一变，他学博才大，拓宽了词的境界，凭吊古代人物，抒发爱国怀抱，描绘农村风光，笔力纵横，气势粗豪，成为豪放派的开山祖。

苏轼（1037—1101），字子瞻，眉山（今四川眉山市）人。这位文豪既是诗文圣手，又是书画名家，九百多年来是家喻户晓的人物。他一生为官，遭遇坎坷，但生性乐观放达，在文学上取得多方面的成就。

我们先读他的一首《临江仙》（夜归临皋）：

夜饮东坡醒复醉，归来仿佛三更。家僮鼻息已雷鸣。敲门都不应，倚杖听江声。　长恨此身非我有，何时忘却营营？夜阑风静縠纹平。小舟从此逝，江海寄余生。

苏轼于1079年因作诗获罪，被宋神宗赵顼（xū）贬到黄州（今湖北黄冈）任团练副使，常到东坡游玩，便自号“东坡居士”。这首词即作于黄州。词中说：夜里在东坡和友人喝得酩酊大醉，回到住所迷迷糊糊地觉得好像是三更天了。小仆人已沉沉入睡，鼾声如雷，梆梆敲门都叫不醒。苏轼无奈，只好拄着手杖侧头倾听长江方向传来的波涛声。这时他想起官场的半生遭遇，感慨油然而生：经常遗憾的是自己做不了自己的主人，什么时候才能摆脱名利的羁绊呢？此刻夜已深，风已静，池塘里的水都不起一丝波纹。在这万籁俱寂中，又一个念头钻进他的心中：乘一叶扁舟从此逃离这扰攘的尘世，到大江大海中去无拘无束地度过后半生，那有多好啊！据说，苏轼作完这首词后，和朋友高唱数遍，然后各自归家。

苏轼像

第二天黄州就传说苏轼把官服挂在江边，夜里乘小船逃走了。郡守徐君猷听说大吃一惊，在他的州里把皇帝贬来的罪人丢了，吃罪不起。于是赶到苏轼住所察看，发现苏轼在屋里鼾声大作，还没起床呢！

苏东坡与李白有共同处，就是都具有浓厚的浪漫气质。苏词《念奴娇》（中秋）一词表现得很鲜明：

> 凭高眺远，见长空、万里云无留迹。桂魄飞来，光射处、冷浸一天秋碧。玉宇琼楼，乘鸾来去，人在清凉国。江山如画，望中烟树历历。　　我醉拍手狂歌，举杯邀月，对影成三客。起舞徘徊风露下，今夕不知何夕！便欲乘风，翻然归去，何用骑鹏翼！水晶宫里，一声吹断横笛。

中秋夜登高远望，长空万里不见一丝云影。一轮明月（桂魄是月的代称）飞上天来，银辉四射，使秋天碧蓝的夜空浸在清冷之中。想象月亮上的广寒宫中，乘着鸾凤的白衣仙女正来来往往，生活在清凉世界里。月亮上的山川美如图画，看去烟霭树木历历分明。我乘醉拍手高歌，举杯邀请明月共饮，连同我的影子恰成三位伙伴（化用李白“举杯邀明月，对影成三人”的诗句）。在清风冷露中往来起舞，这美好的夜晚使我忘却一切，真想就此乘风翩然飞到月亮上去，不必借助《庄子》里说的那个大鹏的力量。站在晶莹透明的月宫中，一声接一声地吹起横笛，该是多么美妙！这首词也是苏轼被贬黄州时写的。境遇不自由，但他心胸洒脱，用美好的幻想慰藉自己，“挟飞仙以遨游，抱明月而长终”（《前赤壁赋》），在精神世界里自己解放自己。这是苏东坡与其诗文的魅力。

周邦彦在北宋词人中修养很高，名气很大，学习他的人很多。他属于婉约一派，多写男女情思。他写景的词，清新淡雅，富有美感，多有精品，我们读他一首《苏幕遮》：

燎沉香，消溽（rù）暑。鸟雀呼晴，侵晓窥檐语。叶上初阳干宿雨，水面清圆，一一风荷举。　　故乡遥，何日去？家住吴门，久作长安旅。五月渔郎相忆否？小楫轻舟，梦入芙蓉浦。

上阕写景：烧起沉香（一种木质香料），驱散一下潮热的暑气。鸟雀似乎也盼天晴，天亮时在房檐上唧唧喳喳叫个不停。昨夜经雨的树叶在朝阳照射下很快晾干，水面上清润的圆圆的荷叶，一个一个挺起身来在晨风中摇曳。下阕抒情：故乡在远方，哪天才能归去？家住苏州（吴门），可是长期旅居在汴京（北宋首都，“长安”是首都的代称）。

家乡的渔郎还记得我吗？我做梦还梦见五月里我们一起划着小桨，荡着轻舟，进入荷花塘捉鱼的情景。写鸟、雨、荷，寥寥数笔就勾画出一幅夏日晨景。“水面清圆，一一风荷举”一句，被学者王国维评为“真能得荷花之神理者”。下阕用“小楫轻舟，梦入芙蓉浦”一件典型回忆，就把对故乡怀念之深写了出来。

杰出的女词人李清照是跨北宋、南宋两个时代的人。

李清照像

她与丈夫赵明诚（学者）年轻时有过一段极为幸福的生活。北宋灭亡后，夫妇南渡，不久丈夫病故，李清照在悲苦无聊中度过后半生。她的词语丽意新，通俗流畅，独标一格。国破家亡流落南方后，词中多写身世飘零之感，凄苦动人。下面是她的一首《武陵春》：

> 风住尘香花已尽，日晚倦梳头。物是人非事事休，欲语泪先流。　　闻说双溪春尚好，也拟泛轻舟。只恐双溪舴艋（zé měng）舟，载不动许多愁。

暮春时节，微风中再闻不到落花（尘香）的香气，百花都已凋零净尽；太阳已经老高，起床后毫无心思梳妆打扮。四周景物如旧，可是人事已发生巨大变化（国破，夫亡），一切都完了！话未出口，泪已先流出来。听人说双溪（在今浙江金华）地方春色还很美，很想去泛舟游玩一番；只怕双溪里小小的游船，载不动我这满腹的忧愁呢。一个流落异乡新寡的才女百无聊赖的情态和浓郁的忧思，全在词中表现出来。忧愁，是看不见摸不着的东西，可是在词人笔下，不但有了重量，而且能把小船压翻，这是多么新奇的想象！

南宋词

由苏轼开创的豪放词派，到南宋时代才大发展起来。被金人赶到江南的文人们，看到山河破碎，体验了国破家亡的惨痛，再也无心留连光景、嘲风弄月，而把一腔爱国衷情倾注在词作中，写出大量慷慨悲歌、激烈沉雄的作品。张孝祥的《六州歌头》具有代表性：

长淮望断，关塞莽然平。征尘暗，霜风劲，悄边声，黯销凝。追想当年事，殆天数，非人力。洙泗上，弦歌地，亦膻腥。隔水毡乡，落日牛羊下，区（ōu）脱纵横。看名王宵猎，骑火一川明，笳鼓悲鸣，遣人惊。　　念腰间箭，匣中剑，空埃蠹，竟何成！时易失，心徒壮，岁将零，渺神京。干羽方怀远，静烽燧，且休兵。冠盖使，纷驰骛，若为情？闻到中原遗老，常南望、翠葆霓旌。使行人到此，忠愤气填膺，有泪如倾。

词人站在淮河岸边向沦陷的中原方向远望，但见边关莽莽苍苍一派荒凉景象。飞尘蔽空，秋风劲吹，静悄悄无一点声响（由于南宋王朝不抵抗，战事平息），使词人无比颓丧和悲愤！回想当年（靖康元年，1126年）金兵攻陷汴京，掳走徽、钦二帝中原沦陷的往事，这大约是命定的劫数，不是人力可挽回的，致使孔圣人当年讲学的洙水、泗水一带神圣的地方也被女真人牛羊的膻气所污染。隔着淮水的对面，金人用毛毡搭起帐篷，成了他们的居住之地，日落时成群的牛羊放牧归来，到处纵横排列着军事哨所。夜里金兵将领（名王）出来打猎（也是练兵和示威），骑兵举着火把照得满野通明，胡笳和鼓声汇成一片，使人听了心惊肉跳。上阕写景，下阕转入抒情。作者想到腰中佩带的雕翎箭和匣中宝剑本是杀敌用的，然而由于投降派的不抵抗，使它们落满尘埃，被蛀虫蛀坏，到头来竟一事无成。时光白白流失，报国之志徒然壮烈，一年又到尽头，故都神京依然不能收复。投降派们仍在玩弄所谓怀柔政策，实际是自欺欺人。“干羽方怀远”用的是《尚书·大禹谟》里的典故：大禹曾对不臣服的苗族采取攻心策略，让人拿着干（盾牌）和羽（羽毛）跳舞，就使苗民族俯首称臣了。这是个很难考信的传说，用这个典故是对投降派的辛辣讽刺。这样，边界上的烽火已经熄灭，休兵不战了。同时南宋派出的戴着礼帽（冠）、坐着带有华盖（盖）车子的和谈使臣纷纷在两国间跑来跑去，难道不感到耻辱吗？听说中原地区的遗民引领南望，盼着宋朝皇帝的华盖（翠葆，羽毛装饰的华盖）和仪仗（霓旌，像彩虹般的仪仗旌旗）归来，然而年年落空。有正义感的使臣（行人）看到这种情形，忠愤之气填满胸膛，泪水也倾泻下来。这首词感情充溢，奔流直泻，气势豪壮，慷慨悲凉，读后令人心潮激荡，堪称是南宋词中的一篇杰作。

在豪放派词人中，取得最高成就的是辛弃疾。在词人中他与北宋苏轼齐名，并称为“苏辛”。

辛弃疾（1140—1207），字幼安，号稼轩。他出生在沦陷区的济南，自幼接受其祖父的文化教育和爱国教育，立下为光复故国建功立业的宏伟志愿。22岁时，他召集2000人马，起义抗金，加入耿京领导的起义军，任掌书记。他手刃叛徒义端和尚，曾带50名骑兵，闯入杀死耿京、投降金人的张安国的50000人的军营中，生擒张安国，押到南京斩首。以后在南宋做官，他曾长期被免官闲居，恢复中原的志愿终于未能实现，67岁时赍（jī）志以殁。他本来可以成为杰出的政治家和军事家，然而却以词人留名后世。他的词流传下来的有600多首，名作甚多。最能代表他词作风格的要数《永遇乐》(京口北固亭怀古)：

千古江山，英雄无觅，孙仲谋处。舞榭歌台，风流总被雨打风吹去。斜阳草树，寻常巷陌，人道寄奴曾住。想当年金戈铁马，气吞万里如虎。　　元嘉草草，封狼居胥,赢得仓皇北顾。四十三年，望中犹记，烽火扬州路。可堪回首，佛狸祠下，一片神鸦社鼓。凭谁问，廉颇老矣，尚能饭否？

这是辛弃疾晚年任镇江知府时作的。他登上北固亭（在镇江市东北），四望大好河山，缅怀古代英雄人物，思绪滔滔而来，写下这首词：江山千古依然，但再也看不到曾在这里打败曹操、建立吴国的英雄孙权了。他当年歌舞娱乐的风流余韵，也在历史风雨的剥蚀中消逝得无影无踪。人们说，这夕阳映照的草树和普通街道中，居住过南朝时代勇武有为的宋武帝刘裕（寄奴是刘裕小名）。想当年他曾金戈铁马，率师北伐胡人，收复中原万里国土，何等威武雄壮！可是他的儿子宋文帝刘义隆却是个草包，在元嘉年间轻率出师北进，想要建立武功（“封狼居胥”，汉代霍去病曾北伐匈奴，追到狼居胥山，刻石纪功。此代指武功），被北魏拓跋焘打得大败，狼狈逃归（刘义隆诗有“北顾涕交流”句）。辛弃疾回想起四十三年前自己带兵南来，路过扬州一带时烽火连天的情景，不禁感慨万分。往事已不堪回首，遥看北边瓜步山上的“佛狸祠”里，乌鸦的聒噪和祭祀的钟鼓声响成一片，北方仍在金人统治之下。自己已像廉颇一样老了，报国大志仍在，可是有谁来看视一下我，看我还是否食量如故，能否上马杀敌呢？这里用的典故是：战国时的赵国名将廉颇老年时依然壮心不已。赵王想起用他抗秦，派使者去观察他。廉颇很高兴，一顿饭吃了一斗米十斤肉，披甲上马，表示仍可打仗。可是使者被廉颇的政敌收买，回去向赵王作了假汇报："廉颇老了，还挺能吃，不过坐了一会儿就解三次大便。"赵王以为廉颇不中用了，就没再用他。辛弃疾用这个典故慨叹自己比廉颇还不如。这首词，上阕借赞颂孙权、刘裕来表达自己对英雄事业的向往，下阕借刘义隆来讽刺南宋当权者的无能，最后借廉颇慨叹自己没有报国的机会了，愤懑之情溢于言表。辛弃疾除这类大气磅礴的词之外，还有些写景抒情的小词，也广泛被人喜爱。

南宋时代仍有部分词人沿婉约派的路子走下来，雕章琢句，追求典雅，写了许多哀婉缠绵、情感低回的词。如史达祖、吴文英、王沂孙、张炎等都是这类词人，其中影响最大的是姜夔。他的词如《暗香》《疏影》等虽然有名，但内容空洞，语意模糊，晦涩难懂，除少数专家外，并不为更多读者喜爱。他的《扬州慢》一词影响很大，但稍难懂些。我们先来读一下它前面的一段小序：

淳熙丙申至日，予过维扬。夜雪初霁，荠麦弥望。入其城，则四顾萧条，寒水自碧，暮色渐起，戍角悲吟。予怀怆然，感慨今昔，因自度此曲。千岩老人以为有《黍离》之悲也。

这段话译成现代汉语是："孝宗淳熙三年（1176年）冬至这天，我路过扬州。下了一夜的雪刚停，望去到处是荠菜和麦苗。进了城，所到之处是一片萧条荒凉景象，凄清的水边寂无行人，暮色渐浓，城头吹起悲凉的画角。一股悲怆的情绪向我袭来，感慨扬州昔日的繁荣和今日的衰败，因而谱写了这首歌曲，千岩老人萧德藻读过后，认为和《诗经》里《黍离》篇悲悼故国的感情一致。"1161年，金主完颜亮率六十万大军分四路攻打南宋，江北许多地方遭到惨重的破坏。姜夔在十五年后看到的残破的扬州，就是这场战事造成的。下面是这首词的全文：

淮左名都，竹西佳处，解鞍少驻初程。过春风十里，尽荠麦青青。自胡马窥江去后，废池乔木，犹厌言兵。渐黄昏，清角吹寒，都在空城。　杜郎俊赏，算而今，重到须惊。纵豆蔻词工，青楼梦好，难赋深情。二十四桥仍在，波心荡冷月无声。念桥边红药，年年知为谁生？

宋代词人中有人喜欢把前人诗文的好句拿来化用到自己词中用以抒情，苏东坡、辛弃疾都有这类作品。姜夔这首《扬州慢》就化用了唐代杜牧歌咏扬州的四首诗的句子。杜牧原诗的句子是："谁知竹西路，歌吹是扬州"（《题扬州禅智寺》);“娉娉袅袅十三余，豆蔻梢头二月初。春风十里扬州路，卷上珠帘总不如”(《赠别》);“十年一觉扬州梦，赢得青楼薄幸名”(《遣怀》);“二十四桥明月夜，玉人何处教吹箫”(《寄扬州韩绰判官》)等等。杜牧曾长期生活在扬州，终日与青楼妓女厮混，上面的诗句都与他的浪荡生活有关。

《扬州慢》这首词说：我来到这号称淮左名都、竹西佳处的扬州，卸下马鞍短住一段时间。从当年“春风十里”的扬州路上走过，荠菜和麦苗一片青青。自从金人骑兵打到长江退去之后，荒废的池塘和树木，都害怕说起战争。黄昏降临，寒风中吹起凄凉的画角，回荡在空城。杜牧曾热情赞美扬州，如果他今天再到此地会大吃一惊。纵然他“豆蔻梢头”的诗笔再巧妙，对“青楼”好梦再留恋，对此残破的扬州也难以抒发深情了。“二十四桥”完好无恙，但已荒凉无人，夜里只有月影在水波中无声地荡漾。可怜桥旁无知的芍药花年年仍在默默开放，可是有谁来欣赏它呢？全词以有景有情的画面，展示了扬州残破凄凉的景象，沉痛地控诉了金人发动的侵略战争对南方高度发达的经济和文化的破坏，很有感人的力量。

宋代的词，是中国诗歌史上的一个重要发展阶段。它在唐诗之后开辟了抒情诗歌的新领域，留下了丰富的优秀作品，直到今天仍为广大读者喜爱。宋词和唐诗一样，其精华应为今天的诗歌创作借鉴。

元代的曲

词的创作衰落下来后，继之而起的一种诗体，就是元代的散曲。“散曲”是和“剧曲”相对存在的。剧曲是用于表演的剧本，写各种角色的唱词、道白、动作等；散曲则只是用作清唱的歌词。从形式上看，散曲和词很相近，不过在语言上，词要典雅含蓄，而散曲要通俗活泼；在格律上，词要求的严格，而散曲就更自由些。散曲从体式分两类：“小令”和“散套”。小令又叫叶儿，体制短小，通常只是一支独立的曲子（少数包含二、三支曲子）。散套则由多支曲子组成，而且要求始终用一个韵。散曲的曲牌也有各式各样的名称，如《叨叨令》《刮地风》《喜春来》《山坡羊》《红绣鞋》之类，这些名称多很俚俗，这也说明散曲比词更接近民歌。元代散曲作者，今天知道名字的有二百多人，留下的作品有四千多首。著名散曲作者有关汉卿、马致远、张养浩、张可久、睢（suī）景臣、乔吉、刘致等。

我们知道，元代的蒙古族统治者实行民族歧视政策，居人口多数的汉族地位最低，百姓生活困苦，知识分子不被重视，社会很黑暗。刘时中的散套《端正好·上高监司》里写饥荒中的百姓生活：

【滚绣球】偷宰了些阔角牛，盗斫（zhuó）了些大叶桑。遭时疫无棺活葬，贱卖了些家业田庄。嫡亲儿共女，等闲参与商。痛分离是何情况！乳哺儿没人要撇入长江。那里取厨中剩饭杯中酒，看了些河里孩儿岸上娘，不由我不哽咽悲伤。

杀牛、砍桑、裸葬、卖田、亲人离散、溺杀婴儿，百姓哪有活命的路！作者还叹道：“有钱的纳宠妾买人口偏兴旺，无钱的受饥馁填沟壑遭灾障。小民好苦也么哥（叹词），小民好苦也么哥，便秋收鬻妻卖子家私丧！”

元代有所谓“九儒、十丐”的说法，知识分子社会地位很低。无名作者的《朝天子·志感》说：

不读书有权，不识字有钱，不晓事倒有人夸荐。老天只忒心偏，贤和愚无分辨。折挫英雄，消磨良善，越聪明越运蹇。志高如鲁连，德过如闵骞，依本分只落的人轻贱。

运蹇，命运不好。鲁连，即鲁仲连，战国时的齐国人，他慷慨有大志，周游列国做许多好事而不图报。闵骞即闵子骞，孔子的学生，以品德高尚著称。这首小令揭示了元代社会是非颠倒的情况，许多有才有德的人被埋没摧残，这个社会怎么能好？无怪元代只有九十多年就灭亡了。

讽刺不良的人情世态，是散曲的重要内容。如无名作者的《醉太平·讥贪小利者》：

> 夺泥燕口，削铁针头，刮金佛面细搜求，无中觅有。鹌鹑嗉里寻豌豆，鹭鸶腿上劈精肉，蚊子腹内刳脂油，亏老先生下手。

只用六句巧妙夸张而又生动形象的比喻，就把一个要钱不要脸的贪婪之徒的心理和嘴脸勾画得惟妙惟肖，具有民间文学特色，是散曲中的精彩作品。

厌恶政治，歌颂隐居生活是散曲的另一重要内容，许多著名作者都有这类作品。其中马致远的散套《夜行船·秋思》很有名，且看其中最后一支曲子：

> 【离亭宴煞】蛩（qióng）吟罢一觉才宁贴，鸡鸣时万事无休歇，争名利何年是彻！看密匝匝蚁排兵，乱纷纷蜂酿蜜，急攘攘蝇争血。裴公绿野堂，陶令白莲社。爱秋来时那些：和露摘黄花，带霜烹紫蟹，煮酒烧红叶。想人生有限杯，浑几个重阳节。嘱咐你个顽童记者："便北海探吾来，道东篱醉了也。"

蛩，蟋蟀。裴公，指唐宪宗时的名臣裴度，他晚年修筑"绿野草堂"，退官隐居。陶令，指当过彭泽县令的陶潜，他曾和庐山慧远和尚组织的佛教团体"白莲社"有些瓜葛。北海，指汉末北海太守孔融，是个名士。东篱是马致远的号。作者用蚂蚁打架、蜜蜂抢蜜、苍蝇争血来比喻官场的丑恶争斗。他羡慕裴度、陶潜等人的隐居生活，秋天里摘黄花，煮肥蟹，饮美酒，无拘无束，快活自在，嘱咐家里的侍童："就是孔融那样的名人来看我，也向他说马先生醉了正睡觉，谁也不见！"

元代文人厌恶政治的情绪，还从他们的"怀古"作品中发泄出来。如张可久的《卖花声·怀古》：

美人自刎乌江岸，战火曾烧赤壁山，将军空老玉门关。伤心秦汉，生民涂炭。读书人一声长叹！

翻开史书，纷纷扰扰：一会儿项羽的美人在乌江刎颈自杀，一会儿周瑜在赤壁把曹操几十万兵马烧光了，一会儿汉代名将班超在玉门关外悲叹回不了家乡了。秦汉历史令人伤心，遭难的是百姓。读书人面对人类灾难史，只能一声长叹。张养浩的《山坡羊·潼关怀古》也发出同类的悲慨：

峰峦如聚，波涛如怒，山河表里潼关路。望西都，意踌躇：伤心秦汉经行处，宫阙万间都作了土。兴，百姓苦；亡，百姓苦！

高耸的山峰排列在黄河岸边，奔腾咆哮的黄河充满怨愤，高山大河互为表里呈现一派壮阔气象。向西遥望古都长安，不禁感慨万端：令人伤怀不已的是秦汉时代许多风云人物曾经活动的地方，宫阙楼殿都已化为尘土，连遗迹都没有了。想来这一切都是人民膏血，无论哪一个朝代的兴和亡，最终苦难都落到百姓头上。最后两句道出一个极朴素的真理，引人遐思。开首开得很有气势，结尾也煞得极有力量。

睢景臣的散套《哨遍·高祖还乡》是散曲中别具一格的"咏史"作品。它通过一个乡下农民的眼光观察刘邦衣锦还乡这件事，把这个盛大的典礼写得怪态百出，装模作样，滑稽可笑。写刘邦下车时的样子说：

> （三煞）那大汉下的车，众人施礼数。那大汉觑（qù）得人如无物。众乡老展脚舒腰拜，那大汉挪身着手扶。猛可里抬头觑，觑多时认得，险气破我胸脯！

这个农民一眼认出，这个作威作福的"大汉"原来就是当年那个"刘三"！接着数落他和他老婆两家的家史，揭露刘邦贫贱时的无赖行为，老底和盘托出，"皇帝"原是个"流氓"。在当时社会能写出这样的曲子，实在难得。全套曲子尽情揶揄讥刺，极尽幽默之能事，是散曲中难得的佳作。

散曲中写男女爱情的作品很多，也独具特色。如张可久的《山坡羊·闺思》：

> 云松螺髻，香温鸳被，掩春闺一觉伤春睡。柳花飞，小琼姬，一声“雪下呈祥瑞！”团圆梦儿生唤起。“谁，不做美？呸，却是你！”

这个女子关门大睡，正做团圆梦。小丫头琼姬误认柳絮是飞雪，一声“下雪啦！”把她惊醒，好梦被打断。她又怒又怨，自问自答地把小丫头斥责一通。前半文雅，后半通俗，精彩之笔在后半，语言泼辣有趣，最能代表散曲风格。

散曲中的写景作品也不乏优秀之作，如马致远的“枯藤老树昏鸦”那首小令，六百多年来一直广为传诵。乔吉的《水仙子·重观瀑布》想象十分奇特：

> 天机织罢月梭闲，石壁高垂雪练寒。冰丝带雨悬霄汉，几千年晒未干，露华凉人怯衣单。似白虹饮涧，玉龙下山，晴雪飞滩。

作者想象瀑布是织女以月亮为梭，用天机织出来的一匹白布（雪练），高挂在石壁上晾晒。它以冰为丝，飞溅着雨滴，飘动在天空，使接近它的人感受到凉意。“几千年晒未干”，想象出人意外，令人惊喜。最后又加三句譬喻，把文气补足。咏物作品最忌落陈套，最贵出新意，这曲小令写出新意新趣，所以是佳作。

近代著名学者王国维在谈到中国诗歌发展规律时说：

> 四言蔽而有楚辞，楚辞蔽而有五言，五言蔽而有七言。古诗蔽而有律绝，律绝蔽而有词。盖文体通行既久，染指遂多，自成习套，豪杰之士亦难于其中自出新意，故遁而作他体，以自解脱。一切文体所以始盛终衰者，皆由于此。

这段话粗略地勾画出中国诗体发展递嬗关系的一个轮廓：由四言诗到楚辞，到五言诗，到七言诗。古体诗之后有律绝诗，律绝诗之后有长短句的词。由简趋繁，由粗趋细，并且说出了这种发展的必然性。

明代的诗

明代的文学取得过很高的成就，但主要是在小说方面，出现了像《三国演义》《水浒传》一类不朽的作品，在诗歌领域却始终没有出现第一流的诗人和第一流的作品。在270多年间，诗歌创作总是在“复古”“反复古”上兜圈子，缺乏创造力和开拓精神，写出的作品大都比较平庸，这不能不说是一件憾事。当然，较优秀的诗人和作品还是有的，下面我们就明代诗歌发展的大略作一介绍。

明初著名的诗人是刘基，字伯温，浙江青田人。在元朝时他中过进士当过官，后来辅佐朱元璋打天下，是明朝开国功臣之一。他诗学杜甫、韩愈，诗风比较豪健。我们且看他的一首《古戍》：

古戍连山火，新城殷地笳。
九州犹虎豹，四海未桑麻。
天迥云垂野，江空雪覆沙。
野梅烧不尽，时见两三花。

自古以来戍边的地方就烽火不断，新建的边城笳声四起。国内政局尚未稳定，百姓尚未安居乐业。边境上天高地迥，上有乌云，下有白雪，一片荒凉，只有野梅以其顽强的生命力绽出几朵新花，透露出春天的消息。这首诗是借咏古代的戍边生活暗喻明初守边将士生活的，最后一联给全诗带来活跃气氛，是好句。他的一首《春蚕》也颇有意味：

可笑春蚕独苦辛，为谁成茧却焚身！
不如无用蜘蛛网，网尽蜚虫不畏人。

这显然是一首寓言诗。春蚕吐丝造福于人却被人煮死；蜘蛛也吐丝织网，对人无用，却能安全地生活。蜚虫，即飞虫。朱元璋得天下后大戮功臣是有名的，刘基也生活在戒惧之中，这首诗可能就是对此所发的感慨。

比刘基更有名的诗人是高启。他字季迪，号青丘子。由于他不与朱元璋合作，终于招来杀身之祸。他善于学习历代诗人的长处，本人又有才气，故在明代诗人中是成就最高的一个。我们读他的一首《塞下曲》：

日落五原塞，萧条亭堠（hòu）空。
汉家讨狂虏，籍役满山东。
去年出飞狐，今年出云中。
得地不足耕，杀人以为功。
登高望衰草，感叹意何穷！

这是对历代统治者穷兵黩武为害民众的谴责。用“汉家”

代表朝廷，这是诗人们的习惯用法。诗中的地名：五原在今宁夏，飞狐在今河北，云中在今山西。这些地名都是边疆的代称，并非实指。亭堠是哨所。山东指函谷关以东地方，即中原，代指全国。历代帝王都好大喜功，不断发动战争扩大自己的统治地盘，置人民的困苦生死于不顾，诗人对此发出谴责，感慨无穷。

葱葱溪树暗，靡靡江芜湿。
雨过晓开帘，一时放春入。

这首五言绝句题为《黄氏延绿轩》，写的是春景。下联想象新奇：雨后开帘满野春色一齐涌进房间中来，这是我们都感受过却不易写出的情景，应该说是一首好诗。

从明朝永乐年间开始，出现一种所谓“台阁体”诗。其倡导人号称“三杨”，即杨士奇、杨荣、杨溥，都是“台阁重臣”，故称其诗为“台阁体”。它的出现，是诗歌创作的一种倒退，因为它只追求所谓“雍容典雅”，全是歌功颂德向皇帝拍马屁的内容，毫无创新，毫无生气，比宋代的“西昆体”影响更坏。

在“台阁体”流行期间有位诗人未受其影响，他就是于谦。于谦是位英明的官吏，为官清廉，尤以打退蒙古兵侵扰、保卫京师而闻名于世。他的《石灰吟》广被后人传诵：

> 千锤万击出深山，烈火焚烧若等闲。
> 粉身碎骨全不怕，要留清白在人间。

吟的是石灰，歌颂的是人的高尚品格。他自己因明英宗被蒙古人俘去期间迎立代宗，后来被重新掌权的英宗杀害，在人间留下了清白的美名。

“台阁体”流行既久，引起了人们的不满，于是出现了它的反对派，这就是以李梦阳、何景明为首的“前七子”，其成员还有徐祯卿、边贡、康海、王九思、王廷相。他们的口号是“文必秦汉，诗必盛唐”，就是说文章只有秦汉以前的好，诗歌只有盛唐以前的好，对秦汉以后的文章和盛唐以后的诗一概否定。他们反对“台阁体”无疑是对的，但他们的“复古”主张并不高明。他们的复古，只是“拟古”，没有创造。后来钱谦益批评李梦阳的诗“模拟剽贼，等于婴儿之学语”。这话似乎挖苦得过分一些，但也算看准了他们的弊病。平心而论，李梦阳有些古诗写得还是好的，但近体诗似乎是硬凑起来的，了无新意。

继“前七子”之后，又出现了以李攀龙、王世贞为首的“后七子”，其成员还有谢榛、宗臣、梁有誉、徐中行、吴国伦。他们的主张和“前七子”基本一致。他们相互之间也有不同意见，如谢榛就曾指出他们的诗一味模拟古人导致装模作样，感情虚假。

前后七子所形成的诗风流行很长时间，弊病充分暴露，于是又出现了它的反对者，“公安派”就是其最有力的反对派。“公安派”的主要成员是袁宗道、袁宏道、袁中道兄弟三人，时称“三袁”。因他们是湖北公安人，故得名“公安派”，其中袁宏道影响最大。他们坚定地反对前后七子的复古主张，指责他们的作品“剽窃成风，万口一响”。他们认为不能以时代论文学的优劣，每个时代的文学各有其特色，如一味崇拜前代，那文学就没有创造和发展了。他们提出“独抒性灵”，“出自性灵者为真诗”，主张文学作品要写自己的真思想、真感情，反对模拟，反对虚假。他们的作品在一定程度上实践了他们的主张。我们试读袁宏道的一首《竹枝词》：

雪里山茶取次红，白头孀妇哭春风。
自从貂虎横行后，十室金钱九室空。

明朝的宦官专权危害了全社会，这首诗中的“貂虎”就是指宦官说的。袁宏道厌恶恶浊的现实，不愿做官，更痛恨以魏忠贤为首的宦官集团祸国殃民的罪恶，这首诗就表达了他憎恶的感情。“三袁”的诗相当一部分是流连光景的，如袁中道的《夜泉》：

山白鸟忽鸣，石冷霜欲结。
流泉得月光，化为一溪雪。

幽静，清冷，空明，爽洁，简捷地勾画出夜泉的景致，不仅是写景，同时也是表达心境。

“三袁”的文学主张是合乎文学发展规律的。他们反对复古派取得了成功，在他们的影响下，前后七子的流弊渐渐被扫除。但应该指出的是，他们自己的诗歌多是描写个人的闲情逸致，即所谓文人的“雅趣”，题材和境界都很狭窄，所以整体成就也不高。

和“公安派”几乎同时出现的另一个反对复古主义的诗派是“竟陵派”。其代表人物是钟惺和谭元春，因他们都是湖北竟陵人，故称“竟陵派”。他们的文学主张和“公安派”大体一致，但他们刻意追求所谓“幽深孤峭”的风格，境界偏狭，语言生僻，成就和影响都逊于“公安派”。

明朝末年是多灾多难的时代。如果说整个明代诗歌成就不高，那么明末的爱国诗歌还是颇具光彩的。

张煌言，字玄著，号苍水，是明末的爱国英雄，曾与郑成功合作抗清，后被俘被杀。下面这首《忆西湖》是他被杀之前写的：

梦里相逢西子湖，谁知梦醒却模糊。
高坟武穆连忠肃，添得新祠一座无？

梦里有时可以暂时忘却眼前的苦难，记忆中的西湖妩媚鲜明；可是梦醒之后，苦难的现实涌来心头，西湖的形象反而模糊了。重要的是下联：岳飞（武穆）、于谦（忠肃）两位爱国英雄的坟墓和祠堂都在西子湖畔，现在是不是又有一座祠堂在那里矗立起来？言外之意是自己希望来做这第三位爱国英雄，和岳飞、于谦共同长眠于西子湖畔。张煌言被俘后，骨不软，语不弱，有的是满腔热血一身豪气，确如他自许的是一位爱国英雄。

陈子龙，字卧子，松江华亭人。他是一位关心国计民生的著名学者，同时又是诗人，明末投入到抗清斗争中去，并以身殉国。他的律诗写得最好，我们读他《秋日杂感》中的一首：

行吟坐啸独悲秋，海雾江云引暮愁。
不信有天常似醉，最怜无地可埋忧。
荒荒葵井多新鬼，寂寂瓜田识故侯。
见说五湖供饮马，沧浪何处着渔舟？

山河残破的秋季，诗人或行或坐，吟诗舒啸，无时不感到悲哀。江海之上的云雾都在引发内心的悲愁。不相信上天总是这样糊糊涂涂地不开眼，总会有一天惩治恶势力，可是眼下自己却无法根除满腹忧伤之情。荒凉的村落里到处都有被杀的冤魂。第六句用典：秦代的东陵侯到汉代沦为平民，在长安城东以种瓜为生，时称“东陵瓜”。这一句是感慨世事沧桑，人们社会地位的急剧变化。五湖本是有名的渔米之乡，如今只供清兵饮战马用，农民和渔民还到哪里去讨生活？这首诗感情沉痛，悲劲苍凉，正表现了他的爱国诗篇的风格。

夏完淳也是松江华亭人，是陈子龙的学生，其父夏允彝与陈子龙又是挚友。他是一名神童，本来可以成为一位学者或文学家，可是明末天崩地裂的大事变使他14岁就投入抗清的武装斗争，17岁被捕，英勇就义，成为一名少年英雄。郭沫若先生的名剧《南冠草》就是以夏完淳为主人公的。我们读他一首《舟中忆邵景说寄张子退》：

登临泽国半荆榛，战伐年年鬼哭新。
一水晴波青翰舫，孤灯暮雨白纶巾。
何时壮志酬明主？几日浮生哭故人。
万里腾飞仍有路，莫愁四海正风尘。

这是一首悼念死者寄给生者的诗。眼前到处是田园荒芜的战乱景象，年年都有新死的鬼魂在哭泣。自己乘船航行（青翰舫：刻有鸟形图案的船），常常独自在雨夜孤灯下沉思（纶巾：头巾，说自己的装扮）。自己抱定报效明主的壮志，何日才能实现呢？平日常常为故人牺牲的消息悲哭。挽救国家民族的事业仍大有可为，不要因遍地战乱而失去信心。最后两句是勉励友人，也是自勉。

清代的诗

清代是我国诗歌史上又一个创作繁荣的朝代，虽然其影响不及唐诗、宋词之大，但名家辈出，成绩不小。清代诗人有的偏向继承唐诗传统，有的偏向继承宋诗传统，也有不分唐宋凡历代诗歌都学习继承者，其中许多诗人都形成了自己的特色。

清初诗歌

顾炎武、王夫之、黄宗羲是明末清初著名大学者，他们的思想和著作对后世影响很大。正如龚自珍所说“从来才大人，面目不专一”，这三位学者也是名诗人。

顾炎武（1613—1682），字宁人，因是江苏昆山亭林镇人，人们习惯称他亭林先生。他在明末曾参加抗清起义，失败后拒绝与清朝统治者合作，专事游历各地，进行学术研究。下面这首五言古诗《精卫》表述了他的爱国之心：

万事有不平，尔何空自苦？
长将一寸身，衔木到终古。
我愿平东海，身沉心不改。

大海无平期，我心无绝时。
呜呼！君不见西山衔木众鸟多，
鹊来燕去自成窠。

前四句是向精卫鸟设问：天下不平事很多，你为什么要填海不止徒然自苦呢？接下来的四句是诗人借精卫之口言志：说自己也是填海的精卫，并且死而无怨。最后两句是借鹊、燕讽刺那些卖国求荣、卖身求荣的人，嘲笑他们忘却民族利益只去营造自己的安乐窝。

黄宗羲（1610—1695），字太冲，号黎州，浙江余姚人。他也曾参加抗清斗争，明亡后拒绝为清朝做官，潜心著述，终成大家。他的《卧病旬日未已，闲书所感》表明了明亡后他的痛苦心情：

此地那堪再度年？此身惭愧在灯前。
梦中失哭儿呼我，天末招魂鸟降筵。
好友多从忠节传，人情不尽绝交篇。
于今屈指几回死，未死犹然被病眠。

作者认为在明亡后的中国不好再生活下去了，为自己没能为国捐躯而感到惭愧。梦中失声痛哭被儿子唤醒；为亡友招魂时有飞鸟落到祭筵上，想象那可能是友人的灵魂化成的。许多死去的至交都可以入《忠节传》中，可是卖国投降的朋友也不少，给他们写绝交书都写不胜写（用嵇康《与山巨源绝交书》之典）。屈指算来自己经历过多次几乎死去的危险，如今勉强活着又被病魔缠住，承受着精神和肉体双重的痛苦。他的许多诗作都充满着这样的爱国精神。

钱谦益本是明末著名学者，官至礼部尚书，但他没有经受住生死考验，投降了清朝，晚节不保，被人诟病。他学问渊博，诗风老辣，影响很大。他注释的杜诗至今仍是研究杜甫的重要参考书。

吴伟业（1609—1672），字骏公，号梅村，江苏太仓人。他也是横跨明清两代的人。他的诗内容宽泛，成就很高，诗名很大。他的名诗较多，其中最著名的还是讽刺吴三桂卖国行径的七言歌行《圆圆曲》。诗一开头就直接进入主题：

鼎湖当日弃人间，破敌收京下玉关。
恸哭六军俱缟素，冲冠一怒为红颜。
红颜流落非吾恋，逆贼天亡自荒宴。
电扫黄巾定黑山，哭罢君亲再相见。

“鼎湖”代指死去的皇帝（相传黄帝铸鼎于荆山，鼎成后乘龙升天，于是就把其处称为鼎湖），这里指崇祯皇帝朱由检在李自成进北京时自杀于煤山事。吴三桂引清兵入关，打败李自成收复北京，并进而向西进军。他的全部军队都为崇祯穿上白色孝服。据说吴三桂本来是准备归顺李自成的，后听说其爱妾陈圆圆被李自成（一说是刘宗敏）掠去，一怒之下改变主意投靠清人，并引清兵入关攻李自成。“红颜流落非吾恋”是拟吴三桂的口气，说失去一个女人我并不在意，主要是逆贼李自成太荒淫腐败了。这是用反话讥刺吴三桂。吴三桂迅速扫平李自成起义军并占领其根据地（黄巾是汉末农民起义军，黑山是汉末农民军根据地，在此代指李自成）。祭奠完崇祯和其父吴襄后再和陈圆圆见面（吴三桂全家38口人全被李自成杀死。陈圆圆暂时下落不明，不是吴三桂不想见）。接下去大段诗叙述吴三桂娶陈圆圆的经过。陈圆圆原是苏州一个采莲女，后来成为名妓，还入宫当过宫女。从宫里出来成为贵戚家的歌妓，又被贵戚（崇祯帝田贵妃之父田弘遇）送给吴三桂。打败李自成后，吴三桂找到陈圆圆，举行了盛大的迎接仪式。以后陈圆圆伴随吴三桂远征云南，直到吴三桂称王称帝，享尽荣华富贵。诗中说：

妻子岂应关大计？英雄无奈是多情。
全家白骨成灰土，一代红妆照汗青。

妻妾之类的事本不该和国家兴亡的事搅到一起，可是吴三桂这位“英雄”偏把美人摆到第一位，不惜让自己全家人被杀，使一个女人的名字留在历史上。这几句诗可谓讽刺入骨了。诗的最后借用吴王夫差沉湎酒色导致国破家亡的例子比喻吴三桂，讥刺他空做一场美梦，留下千古臭名。这首诗的内容也许不尽与史实相符，但诗是可以这样作的。吴三桂先是背叛国家，后又背叛清朝，是千古罪人，应该遭到唾骂。

继吴伟业之后最著名的诗人是王士祯。王士祯（1634—1711），字贻上，号阮亭，又号渔洋山人，山东新城（今山东桓台）人，官至刑部尚书。他的诗追求一种清新淡雅的风格，其七言绝句作得尤其好。我们看他一首《初春济南作》：

山郡逢春复乍晴，陂（bēi）塘分出几泉清。
郭边万户皆临水，雪后千峰半入城。

这是描写泉城济南的春色。陂塘即池塘。春天阴晴多变，此时突然放晴，阳光下的池塘里流出一股股清凉的泉水。济南素有“家家泉水，户户垂杨”之称。春雪过后城南千佛山的山影映入城中，无处不赏心悦目。再读他《真州绝句》之一首：

江干多是钓人居，柳陌菱塘一带疏。
好是日斜风定后，半江红树卖鲈鱼。

真州即今江苏仪征。江岸住的多是渔民，到处点缀着疏疏的柳树和池塘。傍晚风平浪静，在深秋的红树林中热热闹闹地在买卖鲈鱼。这是渔米乡的景致，描绘得简洁利落，宁静中带出活气。王士祯还是一位诗歌理论家，他推崇唐诗，强调诗要清新明丽，语言含蓄，要有神韵。这就是有名的“神韵说”，有相当影响。

清初诗人还有号称“南施北宋”的施闰章和宋琬，又有查慎行、赵执信等，他们虽不是当时的第一流诗人，可也相当著名。

清中叶诗歌

清中叶（乾隆、嘉庆时代）是清王朝稳定发展的时期，学术上形成“乾嘉学派”，在考订、整理古籍方面取得了很大成就。在小说创作上出现了伟大的小说《红楼梦》。诗歌创作也有不小的成绩，是诗人辈出的时代。

这里应该提一笔乾隆皇帝，因为他喜欢到处题诗，所谓“乾隆遗风”大家都熟悉。他曾说“平生结习最于诗”，最推崇杜甫，是个热烈的诗歌爱好者。晚年自称平生赋诗四万多首，仅就数量说，他可能是中国“第一”诗人。他的许多诗摆皇帝架子，无甚特色，因此文学史上从没有人提到他。其实，他有一部分诗写得挺不错的。我们从他的《过蒙古诸部落》中选几首读一下。其一：

识路牛羊不用牵，下来群饮碧溪边。
儿童骑马寻亡牯，只在东沟西谷边。

这是一幅黄昏牧归图，熟悉牧区生活的人都知道儿童骑马寻牛是常事，并且凭经验总能把牛找回来。其二：

小儿五岁会骑驼，乳饼为粮乐则那。
忽落轻莎翻得意，揶揄学父舞天魔。

小儿骑骆驼，嘴里吃着乳饼，高兴得不得了。有时偶而掉下来落在软草上，他就势顽皮地学着父亲跳起天魔舞（蒙古舞名）来。写得活泼可爱，恰似一幅牧民风俗画。其三：

猎罢归来父子围，露沾秋草鹿初肥。
折杨共炙倾浑脱，醉趁孤鸿马上飞。

猎罢归来，升起篝火烤鲜肥的鹿肉，拿出皮制酒囊（浑脱）尽情一醉，然后翻身上马追逐孤鸿飞驰而去。这就把勇壮剽悍的蒙古民族性格和其特有的生活方式活画出来了。诗中散发出浓郁的草原气息，这是那些文弱书生写不出来的。

沈德潜（1673—1769）是乾隆年间影响较大的诗人。他字确士，号归愚，江苏长洲（今苏州）人。他主张写古诗要以汉魏为准，写近体诗要以唐诗为准。他倡导“格调说”，即诗的内容要“温柔敦厚”，作诗要讲求格律、声调。按他的标准，他曾编选过《古诗源》《唐诗别裁》等几部书，直到今天仍在印行。他在朝做官时和乾隆皇帝关系密切，是诗友。退休后，乾隆路过苏州时还召见过他。沈德潜有些小诗写得很新巧，如《过许州》：

到处陂塘决决流，垂杨百里罨（yǎn）平畴。
行人便觉须眉绿，一路蝉声过许州。

许州即今河南许昌。这样的夏景常见：池塘里流着清水（决决，流水声），垂柳罨覆着平野。到处一片翠绿，满眼都是生机，使人觉得仿佛胡须眉毛都被染绿了，一路蝉声伴你走过许州。这下联想象新奇，不落陈套，令人觉得新鲜而又贴切。他的五绝《晚晴》也颇有新意：

云开逗夕阳，水落穿浅土。
时见叱牛翁，一犁带残雨。

乌云拉开空隙透出夕阳，仍有稀稀落落的雨点落在地上，可见是一场小雨。老农仍在喝牛耕田，犁铧上仍带着残留的雨滴。这一首也是下联写得形象。沈德潜影响大的是他的诗说和他编的历代诗别裁集，自己没有特别有名的诗传世。

提起郑板桥几乎人人皆知，他以绘画和书法闻名于世，其实他还是一名诗人。他名燮，字克柔，号板桥，江苏兴化人。他从不标榜什么派别，写诗从不装模作样，有话就说，直抒胸臆，憎爱分明，人们很爱读。我们先读他一首题画诗：

衙斋卧听萧萧竹，疑是民间疾苦声。
些小吾曹州县吏，一枝一叶总关情。

这是他在山东潍县（今潍坊）做知县时题在一幅画上的诗。他出身贫苦，做官不忘民间疾苦，也是难能可贵的。他的另一首《题竹石画》诗也被人们喜爱：

咬定青山不放松，立根原在破岩中。

千磨万击还坚劲，任尔东西南北风。

这是用劲竹顽强的生命力比喻人的顽强精神，既是勉励世人，也是勉励自己。他曾自称“不仙不佛不贤圣，笔墨之外有主张”。他的画怪，字怪，诗也别具一格，怪得可爱。

袁枚、蒋士铨、赵翼并称“乾隆三大家”，其中袁枚知名度最高。袁枚（1716—1797），字子才，号简斋，浙江钱塘（今杭州）人。年轻时中过进士，入过翰林，当过县令，33岁便辞官归家，终其一生都以诗文自娱，是个典型的文人。在沈德潜提倡格调说的同时，袁枚提倡“性灵说”。所谓性灵，就是真性情、真感受，或者说是“赤子之心”。他反对模仿，认为模仿的作品虚假，只有真实才有生命。他曾说：“蛟龙生气尽，不如鼠横行。”这些见解无疑是正确的，只是他没有认识到丰富的生活阅历的重要，使他的理论瘸了一条腿。他的七古《独秀峰》写得很有意味：

来龙去脉绝无有，突然一峰插南斗。
桂林山水奇八九，独秀峰尤冠其首。
三百六级登其巅，一城烟水来眼前。
青山尚且直如弦，人生孤立何伤焉？

前六句描摹独秀峰的孤立状态，平淡无奇，突然笔锋一转由山峰说到做人：为人正直有时可能会被孤立，这也同独秀峰一样，有独秀之美，不必为此烦恼。由于有这最后两句，全诗就耐人寻味了。再看他的《马嵬》诗之一首：

莫唱当年《长恨歌》，人间亦自有银河。
石壕村里夫妻别，泪比长生殿上多。

人们读过白居易的《长恨歌》之后，都为唐明皇和杨贵妃的生离死别叹惋不止。袁枚认为社会上像杜甫《石壕吏》所写的那种家破人亡的悲剧无时无地不有，那要比李、杨的悲剧凄惨得多。这个翻案文章作得多好！诗人和一般人唱反调，一细想，这个反调唱得有理，启人深思。袁枚的生活内容就是写诗作文，他在一首诗中写道：

爱好由来下笔难，一诗千改始心安。
阿婆还似初笄女，头未梳成不许看。

他作诗态度极为认真，到了老年仍像年轻女孩梳妆打扮一样，自己未修改满意之前从不示人。这是对读者负责也是对自己负责。有人吹嘘自己写诗作文文不加点一稿成，表示自己文思敏捷，读了袁枚这首诗应该感到惭愧。袁枚诗佳作不少，但没有历史上一流诗人那类大作，这是为什么？他说："但肯寻诗便有诗，灵犀一点是吾师。"所谓"灵犀"，就是他说的"性灵"，或者说是灵感，这他不缺乏；但他缺乏生活——广阔的社会生活，因而写不出大作。他写的《随园诗话》有许多很好的见解，至今广为流传，相比之下他的诗作就逊色了。

和袁枚同时又有翁方纲提出新理论——"肌理说"。他所说的"肌理"，就是道理和文辞，也就是学问。这种主张导致后来形式主义诗风的发展。

比袁枚略晚些，出现一位著名诗人黄景仁（1749—1783）。他字仲则，江苏武进人。家贫好学，怀才不遇，35岁便死去了。他的好些诗在其生前就广为传诵。如《癸巳除夕偶成》一诗至今仍常被人们引用：

千家笑语漏迟迟，忧患潜从物外知。
悄立市桥人不识，一星如月看多时。

漏，是古代的计时器。除夕之夜，在千家万户欢声笑语中时间慢慢逝去。诗人孤独寂寞地一人站在市桥之上，仰望星空陷入沉思。他感到可见的现实之外，似乎酝酿着某种危机正在暗暗向社会袭来，而沉浸在节日欢乐中的人们尚未觉察。这首诗作于1773年，当时正是所谓"乾隆盛世"，过了这个“盛世”，清王朝就急剧走下坡路了。作者不是未卜先知，而是居安思危，这正是我们文化传统中可贵的“忧患意识”。

晚清诗歌

果然如黄景仁预感的，巨大的忧患降临到中国，从鸦片战争始中国陷入内忧外患之中。也正是在此时出现了杰出的思想家和诗人龚自珍。

龚自珍（1792—1841），字璱（sè）人，号定盦（ān），浙江仁和（今杭州）人。在鸦片战争爆发之前，他就看清了官僚政治的腐朽，预感到危机的来临，呼吁进行社会改革，写了许多抨击现实的著作，诗歌也是他批判现实的武器。他的《咏史》一诗向来被人称道：

金粉东南十五州，万重恩怨属名流。
牢盆狎客操全算，团扇才人踞上游。
避席畏闻文字狱，著书都为稻粱谋。
田横五百人安在？难道归来尽列侯！

“牢盆”是煮盐的器具。牢盆狎客指盐商即有钱人。“团扇”

代指美人。团扇才人即专门吟咏淫辞艳赋的无聊文人。田横是秦末起义英雄之一，刘邦统一中国后他以自杀拒绝降汉，其500名部下也随他悲壮自杀。这首诗以悲愤的心情谴责社会的堕落。东南地方的人们整日过着奢侈淫靡的生活，上层社会的人们只知争名夺利勾心斗角。有钱人操纵社会，帮闲文人洋洋得意。人们谈起“文字狱”都吓得半死，不敢说真话；有人写书著文也只是为了养家糊口。最后作者愤激地指问：像田横及其部下那一类刚勇猛烈的中国人都哪里去了？难道都爬上官位享受荣华富贵去了吗？作者忧愤之情难以自抑，诗句铿锵有力，掷地有声。

和龚自珍齐名的魏源也是一位思想家和诗人，其忧国爱民的诗作同龚自珍近似。鸦片战争中的民族英雄林则徐也有许多好诗传世。

鸦片战争之际，出现过许多爱国诗篇，如诗人张维屏的长诗《三元里》就写得有声有色，表现了鲜明的爱憎，热情地歌颂了人民群众的抗英斗争：

三元里前声若雷，千众万众同时来。
因义生愤愤生勇，乡民合力强徒摧。
家室田庐须保卫，不待鼓声群作气。
妇女齐心亦健儿，犁锄在手皆兵器。
乡分远近旗斑斓，什队百队沿溪山。

真把乡民的义勇精神和壮大的气势活画出来了。接下来写英军的狼狈状态：

> 众夷相视忽变色，黑旗死仗难生还。
> 夷兵所恃惟枪炮，人心合处天心到：
> 晴空骤雨忽倾盆，凶夷无所施其暴。
> 岂特火器无所施，夷足不惯行滑泥。
> 下者田塍（chéng）苦踯躅，高者冈阜愁颠挤。

老天也来帮忙下起大雨，火药淋湿，枪炮失灵，英军死伤惨重，眼看就要被全歼。可是腐朽无能的清政府阻止三元里民众进击，网开一面，使残余的英军得以逃遁，这使诗人无比愤慨。优秀诗人替人民说了话。

到19世纪后期，清王朝内外交困，社会危机进一步加深。随着救亡运动的展开与发展，梁启超等人提出“诗界革命”的口号，要求“以旧风格含新意境”（梁启超语），也即以旧形式表达新思想，应该说这也是一种进步。也就在这时出现了杰出诗人黄遵宪。

黄遵宪（1848—1905），字公度，广东嘉应州（今梅州）人。他是一名职业外交家，在东西各国居住多年，深受西方文化影响，但他一直是一位坚定的爱国者，并且是清末维新运动中的一员。他说：“我手写我口，古岂能拘牵？”就是主张写亲身经历、亲身感受，说自己要说的话，不要去当古人的奴隶。他经历多，“百年过半洲游四”，到过四大洲，见识深广，思想解放，所以他的诗内容开阔，手法灵活，真正实现了他“我手写我口”的主张。时移世易，人的思想也要随着世事的变化而进步，他的《感怀》诗就反映了他的这种思想：

世儒诵诗书，往往矜爪嘴。
昂头道皇古，抵掌说平治。
上言三代隆，下言百世俟。
中言今日乱，痛哭继流涕。
摹写车战图，胼胝（pián zhī）过百纸。
手持井田谱，画地期一试。
古人岂我欺，今昔奈势异。
儒生不出门，勿论当世事。
识古贵知今，通情贵阅世。
卓哉千古贤，独能救时弊。
贾生《治安策》，江统《徙戎议》。

当世的儒生们迂腐、固执、僵化、无知，他们诵读古书仅是武装嘴巴，装点门面。他们动辄说古代如何如何，指手画脚高谈治国平天下的道理，开口就是夏商周三代，说百代以下只要效法三代就好了。说到今天的乱世，他们只会痛哭流涕。继而大讲古代车战的经验，累死累活写出长长论文；或者研究古代的井田制，并要拿到今天实行。诗人说，古人并不是存心骗我们，只是今天和古代已完全不同，古人那套东西怎能用于今天？儒生们对当今世界懵（měng）然无知，就没有资格评论当前世务。认识历史是为了认识今天，要了解今天更重要的是去观察世界。历史上的卓越人才都是能解决当前的实际问题的，像汉代的贾谊写《治安策》、晋代的江统写《徙戎论》那样。这些话在今天看来不算稀奇，但说在一百多年前，那是须有相当见识的。在他的《人境庐诗草》中，诗人还介绍了许多西方国家的历史和现实知识，讲到许多中国人闻所未闻的事物，开阔了当时人们的眼界。

和黄遵宪同时的一些著名的维新派人士，如康有为、梁启超、谭嗣同等也都有许多好诗留世；当时以复古为趋向的“同光体”诗人却没有什么传世之作。

19、20世纪之交，旨在推翻清王朝的革命运动蓬勃兴起，许多革命志士如章太炎、秋瑾、邹容、陈天华等都是才华横溢的诗人，他们铮铮作响的诗句将与他们的英名一样永远垂示后人。下面是秋瑾的一首《黄海舟中日人索句并见日俄战争地图》：

万里乘风去复来，只身东海挟春雷。
忍看图画移颜色？肯使江山付劫灰！
浊酒不销忧国泪，救时应仗出群才。
拼将十万头颅血，须把乾坤力挽回。

她忧心如炽，奔走救国，这种感情宣泄出来就成为动人的好诗，读过之后一位爱国女英雄的形象就矗立在我们眼前。

邹容在1901年东渡日本之前也曾写诗言志：

落落何人报大仇？沉沉往事泪长流。
凄凉读尽支那史，几个男儿非马牛！

他写过著名的《革命军》一书，号召人们参加革命斗争，并把自己19岁的年轻生命献给了革命。

以柳亚子等人为首，以同盟会会员为主体的“南社”是一个著名的诗歌团体，其宗旨很明确，就是要以诗歌为武器参加推翻清朝的革命斗争，留下了许多优秀诗作。如南社重要成员苏曼殊的《以诗并画留别汤国顿》：

蹈海鲁连不帝秦，茫茫烟水着浮身。
国民孤愤英雄泪，洒上鲛绡赠故人。

海天龙战血玄黄，披发长歌览大荒。
易水萧萧人去也，一天明月白如霜。

前一首以战国末年反对秦始皇称帝逃隐海上的鲁仲连自比，表示抗清决心；后一首用《易经》“龙战于野，其血玄黄”的意思比喻清末战乱，对许多如荆轲一样的猛士为民族解放捐躯表示悼念之情。

清代的词

词这种文学样式的最高成就当然在宋代。元、明两代虽然也出现过写词的高手，但就其总体说没有形成时代特色，成就很小。到了清代，写词的人又多起来，优秀词作量也较大，所以有中兴之说。清词是清代文学的一个组成部分，我们在这里做一概要介绍。

清初词家最著名的有陈维崧、朱彝尊、纳兰性德等。

陈维崧（1625—1682），字其年，号迦陵，南直隶常州府宜兴（今宜兴）人。他是"阳羡派"的创始人，清代一些人对他的词评价很高，称其"沉雄俊爽"，甚至有人说"古今无敌手"。我们读他一首《点绛唇》（夜宿临洺驿）：

晴髻离离，太行山势如蝌蚪。稗花盈亩，一寸霜皮厚。　　赵魏燕韩，历历堪回首。悲风吼，临洺驿口，黄叶中原走。

这是写北方大地的秋意。临洺在今河北省南部永年县。太行山一个个山峰在晴天里像一个个女人的发髻，又像是蝌蚪排列在天边。稻田里的稗草经霜变白，厚厚地覆盖着地面。这里是战国时代赵、魏、韩、燕等国的故地，许多威武雄壮的历史往事一一浮现在词人胸中。此刻站在临洺驿站外，看悲风怒吼，卷起满地黄叶在中原大地上飞走。这首小词写景兼怀古，雄健有力，辽阔苍凉，属于佳作。

朱彝尊（1629—1709），字锡鬯（chàng），号竹垞，浙江秀水人。他是有名的学者，同时擅长诗词，是“浙派”词的创始人。有人评他的词“醇雅清空”，“无一点人间烟火气”。他曾编选历代优秀词为《词综》一书，影响很大。我们读他一首怀古词作《卖花声》（雨花台）：

> 衰柳白门湾，潮打城还。小长干接大长干。歌板酒旗零落尽，剩有渔竿。　　秋草六朝寒，花雨空坛。更无人处一凭阑。燕子斜阳来又去，如此江山。

雨花台在南京城南。南京是六朝古都，又是明代的开国都城，素以繁华闻名，如今作者在这里看到的是一片残破荒凉景象。白门是南京的代称。大、小长干都是地名。衰败的树木点缀着南京江岸，江潮往复拍打着石头城墙（化用刘禹锡“潮打空城寂寞回”句）。从小长干到大长干一带往日繁华的歌楼酒肆都零落净尽，只留下江边几个孤零的钓翁。六朝时代的遗迹已荡然无存，眼前满地衰草；残花落在空空落落的梁代云光法师讲经的坛台之上。在寂静无人时来这里凭栏四望，看得见斜阳中几只燕子飞来飞去。江山依旧，人世已非，历史是多么无情。词中“燕子”一句化用了唐代刘禹锡“旧时王谢堂前燕，飞入寻常百姓家”的意境，启发读者联想，并用得极为自然妥帖，天衣无缝，即此可见词人功力。

纳兰性德（1655—1685），字容若，号楞伽山人。他出身于清朝贵族家庭，是清代最有才气也是最有特色的词人。陈维崧评他的词“哀感顽艳”，类似南唐二主的词。可惜他只活了31岁，使他未能充分展现才华。

山一程，水一程，身向榆关那畔行。夜深千帐灯。
风一更，雪一更，聒碎乡心梦不成。故园无此声。

这首《长相思》是纳兰性德随康熙皇帝到东北祭祖时路上写的。当时皇帝出行还要野营，仍保持满族传统。一个身居京城贵族之家的青年对这种天寒地冻风雪交加的野营生活，既不习惯，又觉新鲜，词中写出了他的真切感受。辞句流畅，又不少迭宕，词风真有些像李后主。他的《蝶恋花》是为悼念亡妻而作的：

辛苦最怜天上月。一昔如环，昔昔都成玦（jué）。若似月轮终皎洁，不辞冰雪为卿热。　　无那尘缘容易绝。燕子依然，软踏帘钩说。唱罢秋坟愁未歇，春丛认取双栖蝶。

据词人自己说，其妻临终前跟他说一句诗："衔恨愿为天上月，年年犹得向郎圆。"这首词就是用明月比喻其亡妻的。词中说：难为你像月亮一样经常来看我，可惜只有一夜（昔）圆满，其余的夜晚（昔昔）都是半圆（玦是半圆的玉佩）。如果你永远像纯洁的月亮照耀我，我也将不辞寒冷给你送去温暖。无奈你我尘世的姻缘未能长久。那成双成对的燕子踏着帘钩彼此亲切地絮语，勾起我无限的遐思。我刚刚吟完悼念你的诗词，就到花丛中去寻找象征爱情的双栖的蝴蝶。"唱罢秋坟"一句化用李贺"秋坟鬼唱鲍家诗，恨血千年土中碧"的诗句，表示无穷的遗恨。这首词是其四首一组《蝶恋花》之一，其余三首也同这首一样，典型地代表了他"哀感顽艳"的风格。

纳兰性德的好友顾贞观，字华峰，号梁汾，也是著名词人，其《金缕曲》（二首）最为有名。顾贞观的挚友吴兆骞（字汉槎，也是诗词作家）被人诬陷参与科场作弊案，流放到宁古塔（在今黑龙江），极为凄苦。顾贞观写了《金缕曲》（二首）去慰问他，下面是其第一首：

季子平安否？便归来，平生万事，那堪回首！行路悠悠谁慰藉？母老家贫子幼。记不起从前杯酒。魑魅搏人应见惯，总输他覆雨翻云手。冰与雪，周旋久。　泪痕莫滴牛衣透。数天涯，依然骨肉，几家能够？比似红颜多命薄，更不如今还有。只绝塞，苦寒难受。廿载包胥承一诺，盼乌头马角终相救。置此札，君怀袖。

先解释一下典故。季子，指吴兆骞（吴排行老四，又因为春秋时吴国有位名人吴季子，故以此称）。牛衣，盖在牛身上御寒的草帘子。汉代王章贫居长安，卧病无被，曾盖着牛衣和妻子诀别。在此喻吴兆骞的困境。红颜命薄，指顾贞观爱妾新死。包胥，春秋时楚国大夫申包胥，在吴国将灭亡楚国时，他曾发誓挽救楚国，到秦国去求救兵，哭七日七夜，终于请来救兵挽救了楚国。在此喻作者决心营救吴兆骞。乌头马角，燕太子丹囚禁在秦国，秦王（后来的秦始皇）说，只有乌鸦头白、马头生角才准他回国。

这首词的大意是：你还好吗？即便有一天能够归来，平生无数坎坷已是不堪回首。流放北方要走很长的路，有谁来给你安慰呢？况且母老家贫孩子幼小。我们从前一起饮酒欢聚的情景在记忆中已经模糊了。鬼魅害人本是常事，可是没想到你会被可恶的仇人玩弄手段陷害了，使你在冰天雪地中过了这么久的苦日子。你不必像王章一样在困苦中绝望。尽管流放到远方，可是你还能和妻子儿女团聚，有多少人做得到呢？比起我失去爱妾，你有妻子陪伴还算幸运。只是在绝远的边塞苦寒难当，日子不好过。我要像申包胥一样信守诺言，在20年之内一定想法援救你，哪怕等到乌头白、马生角也要做到。请你把这封信保存好，等待好消息吧。

后来顾贞观果然和纳兰性德等人想尽办法，终于把吴兆骞救了回来。这件事在清初文坛是一段广为流传的佳话。这首“以词代书”的作品也因情真意切、韵律谐美广被后人喜爱。

张惠言（1761—1802），字皋文，号茗柯，江苏武进（今常州）人。他是学者兼词人，创建了“常州词派”，并编选《词选》一书，对清词的发展有过积极影响。其《风流子》（出关见桃花），风格劲健，感情细腻，可代表他的风格。

> 海风吹瘦骨，单衣冷，四月出榆关。看地尽塞垣，惊沙北走；山侵溟渤，叠嶂东还。人何在？柳柔摇不定，草短绿应难。一树桃花，向人独笑；颓垣短短，曲水弯弯。　　东风知多少？帝城三月暮，芳思都删。不为寻春较远，辜负春阑。念玉容寂寞，更无人处；经他风雨，能几多番？欲附西来驿使，寄与春看。

诗中写山海关的山形地势，笔力刚健；写塞外景致，桃花独笑，流水弯弯，鲜明而又形象。下阕说，当帝都北京桃花落尽时，在这长城外地僻天荒之处，桃花刚刚绽放，令人惊喜。接着想到它们会很快在风雨中凋落，便想让信使向亲友捎去几枝，让他们再看看春天的颜色。构思新巧，不落陈套。

朱祖谋（1857—1931），又名孝臧，字古微，号彊村，浙江归安（今湖州）人。他是清末最有代表性的词家，“彊村派”就因他而得名。从下面这首《乌夜啼》（同瞻园登戒台寺千佛阁）可约略看出其风格。

春云深宿虚坛，磬初残。步绕松阴，双引出朱栏。
吹不断，黄一线，是桑干。又是夕阳无语下苍山。

戒台寺在北京城西南，古貌古颜，松柏森森，以幽静闻名。在春云缭绕、鼓磬初歇时，作者和朋友绕松盘桓，步出朱栏，然后登千佛阁远眺桑干河风光。春风吹拂万物，而那一线桑干河却凝住不动，着笔形象稳健。然而作者此刻不是心旷神怡，看夕阳默默落进苍山，情绪黯然，可能是对当时的国势含着隐忧吧。

王国维（1877—1927），字静安，号观堂，浙江海宁人，是清末民初大学者，在民国时代曾任清华大学教授，1927年投颐和园昆明湖自尽。他是个有多方面成就的学者，其《人间词话》提出“境界说”，影响甚大，是研究词学的重要著作。他也写词，并以工整被人称许。我们读他一首《浣溪沙》：

掩卷平生有百端，饱更忧患转冥顽。偶听鹍鴂（jué）怨春残。　坐觉无何消白日，更缘随例弄丹铅。闲愁无分况清欢？

这首词作于1907年，其父母和妻子相继谢世，他掩卷静思，有百感集心的感受。冥顽，就是顽固不化。作者自嘲说，饱经忧患之后，自己的心志更加“冥顽”，即更坚定了。潜心著书立说，偶而听到杜鹃（鹍鴂）鸣叫，才知道春天已快过完了。下阕以自谦的口吻说，闲着无聊无法消磨时光，才效法别人的样子弄弄笔墨。由于忙于钻研，连发愁的功夫都没有，更何况是游玩娱乐呢？这是学人之词，体现了学人本色，但也不乏幽默与活泼。袁枚说，诗人要有天才，还应该有学问，应该说王国维把这二者兼而有之了。

历代的赋

除了诗、词、曲之外，历史上还存在过一种具有诗歌特点的文体，这就是赋。最初的诗、词、曲都能歌唱，而赋却不能歌唱，只能朗诵。它外形似散文，内部又有诗的韵律，是一种介于诗歌和散文之间的文体。

赋，起源于战国，形成于汉代，是由楚辞衍化出来的，也继承了《诗经》讽刺的传统。关于诗和赋的区别，晋代文学家陆机在《文赋》里曾说：

> 诗缘情而绮靡，赋体物而浏亮。

也就是说，诗是用来抒发主观感情的，要写得华丽而细腻；赋是用来描绘客观事物的，要写得爽朗而通畅。陆机是晋代人，他的话说出了晋代以前的诗和赋的主要特点，但不能作机械的理解，诗也要描写事物，赋也有抒发感情的成分，特别是到南北朝时代抒情小赋发达起来，赋从内容到形式都起了变化。

赋，除了它的源头楚辞阶段外，经历了汉赋、骈赋、律赋、文赋几个阶段。

汉代的赋

典型的汉赋是宫廷文学，其内容多为天子歌功颂德，描写国家的富强，宫室苑囿的宏丽，水陆物产的丰饶，帝王生活的奢侈，等等。我们看看司马相如《上林赋》中的一段文字：

> 离宫别馆，弥山跨谷；高廊四注，重坐曲阁；华榱（cuī）璧珰，辇道缅属；步榈（yán）周流，长途中宿。夷嵕（zōng）筑堂，累台增成，岩窔（yào）洞房。俯杳眇而无见，仰攀橑（lǎo）而扪天。奔星更于闺闼（tà），宛虹拖（tuō）于楯（shǔn）轩……

这是描写帝王宫室之盛。大意说：为天子而建的离宫别馆，布满山谷之间；高高的回廊环绕四周，到处是双层楼房，曲折的殿阁；华美的屋椽，嵌玉的瓦当，行辇车的阁道绵延不断；长廊通往各处，一天走不完还须中途住宿。削平山头盖房屋，一层层垒起的高台，岩下修筑洞房。俯身下看深幽而无所见；仰身攀着屋椽，可以摸到青天。流星穿过宫门，长虹跨过栏杆……从这段文字中，我们约略窥见汉赋文字特点之一斑。汉赋写得较长，气势开阔，辞藻华丽，描写不厌其细而又极度夸张。虽然富丽堂皇，但形式呆板，很少文学韵味，加上堆砌词藻，艰涩难懂，不易引起读者兴味。这种文学样式流行于两汉四百年，其中著名作者有司马相如、扬雄、班固、张衡等。

魏晋南北朝的骈赋

魏晋以后，汉赋逐渐演化成体制较小的骈赋（也叫俳赋），讲求对仗，词语华美，抒情成分增多，文学气息浓厚起来。如齐梁时代的江淹的《别赋》开头一段：

> 黯然销魂者，唯别而已矣！况秦、吴兮绝国，复燕、宋兮千里；或春苔兮始生，乍秋风兮暂起。是以行子断肠，百感凄恻。风萧萧而异响，云漫漫而奇色。舟凝滞于水滨，车逶迟于山侧。棹容与而讵前？马寒鸣而不息……

这是写惜别的情形。大意说：最让人丧魂失魄的，就是“离别”这件事了。况且秦、吴两地隔绝不通，燕、宋两地相去千里（分别后难得再见）。离别，或在春草萌生的时节，或在秋风乍起的时刻（最易牵惹离愁别恨）。这样，远行的人愁肠欲断，百感交集悲伤不已。这时听到呼呼的风声也不同于平日，飘浮的云彩也改变了颜色。船滞留在水边不忍开走，车徘徊在山侧不忍离开。船桨不忍划动怎能前进？马匹也凄凉地鸣叫不止……这段文字把亲友间别离时伤心的气氛渲染到了极致。魏晋南北朝时代写赋的人较多，著名的有曹植、王粲、陆机、左思、谢灵运、鲍照、庾信、江淹、徐陵等作家。

唐宋时代的律赋

唐宋时代科举考试要求作赋，于是骈赋又演化出律赋。律赋有很严的格律：对仗要工整，声律要严密，指定用韵，限制篇幅，把作者的创造性严格束缚住，和明清时的“八股文”差不多。律赋失去了文学性，已不是文学作品，因此这里不再举例。

唐宋时代的文赋

唐宋两代都出现过“古文”运动，即反对僵化的骈体文，提倡写作刚健质朴、新鲜活泼的散文的运动。其领袖人物韩愈、柳宗元、欧阳修、苏轼等人的散文成就很高，影响很大。受这种优秀散文的影响，骈赋又发生变化，向散文化方向发展，形成文赋。我们看欧阳修的《秋声赋》的一段：

> 盖夫秋之为状也，其色惨淡，烟霏云敛；其容清明，天高日晶；其气栗冽，砭人肌骨；其意萧条，山川寂寥。其为声也，凄凄切切，呼号奋发。丰草绿缛（rù）而争茂，佳木葱茏而可悦。草拂之而色变，木遭之而叶脱。其所以摧败零落者，乃一气之余烈……

大意是：说起秋的景象，它的色彩凄凉惨淡，烟霭云气都收敛起来；它的形貌清澈爽朗，天空高远阳光明亮；它的气氛寒冷逼人，刺入人的肌肤骨髓；它的意象萧索单调，高山大川寂静空阔。所以秋天的风声，凄凄切切，呼啸着卷过大地震动万物。夏日里，繁密的茂草生机蓬勃，茂盛的树木悦人心目；可是一经秋风吹拂，百草立即枯黄，树木纷纷落叶。它们所以凋零败落，都是肃杀的秋风作用的结果……。这段文字有颜色，有声音，有气氛，有感觉，有情绪，真把秋天的景况形容殆尽，不愧为名文。此外如杜牧的《阿房宫赋》，苏轼的《前赤壁赋》《后赤壁赋》，都是文赋的代表作。在所有的赋中，文赋可读性最强。文赋写作比较自由，叙事、抒情、议论皆可，已相当接近散文了。

赋这种文体从汉代到宋代存在一千多年，宋以后就衰歇了。在文学史上，赋有一定地位，特别在汉代，几乎是具有代表性的文体，它在丰富文学语言和提高表达技巧方面对以后的文学产生过好影响。

附　录

怎样学习古典诗词

阅读和鉴赏古典诗词益处甚多，不仅可以提高文化水平，增加文史知识，同时又是极美好的精神享受，可接受艺术熏陶，有助于摆脱庸俗趣味，培养高尚优美的情操。

马克思曾说："如果你想得到艺术的享受，那你就必须是一个有艺术修养的人。"犹如要欣赏音乐就须多听音乐，要欣赏美术就须多看绘画、雕塑一样，要读古典诗词也必须由浅入深地多读作品，懂得的渐渐多起来，兴趣也便浓起来，鉴赏能力也便高起来。

阅读古典诗词，首先遇到的困难是语言难懂的问题。所谓难懂，不会是完全不懂，而是有些词语生僻，或不见于现代汉语，读起来吃力。这是有办法解决的，就是先读当代人加了注释的本子（选择好的），把注释的内容大体记住，反复阅读，积累得多了，熟悉了诗词用语的习惯，文字关一般也就过去了。古典诗词还常用典故，对一般读者也是一个语言障碍。关于诗词用典，历来有人说好，有人说不好，不管人们赞成与否，许多诗词用典已是既成事实。其实用典与否，并不决定作品优劣。如南唐后主李煜的词清丽流畅，一般不用典，是词中上品；而辛弃疾作词经常“掉书袋”（用典故），同样是词中上品，而且比李煜词的价值更高。问题在于典故用得是否恰切。如果故弄玄虚，生硬地堆砌典故，那就是浅薄无聊，令人生厌；而典故自然流入作品中，与歌咏的内容融成一体，那就可以扩大内容涵量，增加韵外之韵，味外之味，提高读者的兴致。且看辛弃疾的《鹧鸪天·鹅湖归病起作》：

> 枕簟（diàn）溪堂冷欲秋，断云依水晚来收。红莲相倚浑如醉，白鸟无言定自愁。　书咄咄，且休休，一丘一壑也风流。不知筋力衰多少，但觉新来懒上楼。

词中两处用典。“书咄咄”典出刘义庆《世说新语》：晋代殷浩被罢官后，自己觉得委屈，整天用手在空中比画着写字。有人偷偷观察，才知道他只写四个字：“咄咄怪事”。咄咄，是惊叹声。“且休休”典出《新唐书·司空图传》：司空图晚年为逃避政治迫害，弃官隐居中条山王官谷，修个亭子名曰“休休”。自己解释说，“休，美也，既休而美具。”认为自己才能、身分、年龄和性格都不适合做官，退休最好。辛弃疾被罢官，闲居乡间，不得施展才能和抱负，心情抑塞，故借殷浩的典故抒发牢骚不平之气；又借司空图的典故为自己解嘲，暂且安慰自己。仅用六个字，增加了这么多内容涵量，且用得自然而不生涩。要读懂这类典故，应急的办法是看别人的注释和查辞书，根本的办法是尽量多读些历史和文学书籍。两种办法都有好处，既可读懂诗词，又可增加知识。

诗词有其特殊的表现手法，这是欣赏诗词尤其应该留意的。古代有人曾把诗歌的内涵分析为三类："物境""情境""意境"。所谓"物境"是指对客观事物的描述，一般说描述得越形象、越生动、越鲜明越好。"池塘生春草，园柳变鸣禽"（南朝宋谢灵运），以不假雕饰的语言真切地写出一幅优美的春景，令人们称道不已。"海日生残夜，江春入旧年"（唐王湾），上句说江海相接的水面平阔，残夜尚未退尽，太阳已冒出海面，天亮得早；下句说江南一带旧年尚未过完，大自然中已萌动春天的气息，春来得早。这是经过苦心思索锤炼写出的诗句，道出了人们感到而说不出的感觉，同是妙句。描述物境，并不以真切、准确为唯一标准，因为这是诗人感觉到的境界，并不全是客观事物的本来面目。如李白说"黄河之水天上来"，你说不对：黄河发源于青海巴颜喀拉山！如果这样用科学知识去要求诗就糟了，李白不是讲地理，是在作诗，是对黄河雄伟景观的惊异和赞叹，这就是所说的"诗家语"。

所谓“情境”是指喜怒哀乐的情感，这是诗的灵魂。没有浓烈的感情写不出好诗，然而表现得不好也不成其诗。如果说物境越鲜明越好，那么情境则越含蓄越好。所说的“不著一字，尽得风流”（唐司空图），说的就是情境。如李白的《怨情》：

美人卷珠帘，深坐颦蛾眉。
但见泪痕湿，不知心恨谁？

四句诗勾出一幅素描：珠帘内一个年轻美女，久坐不动，眉头紧锁，渐渐又流出泪水。她究竟有什么幽怨呢？诗人一句也不说，让读者去体会和想象。通常这类诗都是写久被幽禁在深宫中的宫女，那么你可以想见她的苦闷。她可能怨恨父母没有把她嫁出，可能怨恨情人没有和她及早完婚，可能怨恨拉她进宫的官吏，也有可能怨恨冷落她的帝王，更有可能怨恨无情的命运……总之由你去想象，当然是合理的想象。如果在诗中明确说出某一种怨恨，那境界就被限定，诗味就有限了。

所谓“意境”，是指诗中表达的某种思想和道理。这里看一首杜牧的《过华清宫》：

长安回望绣成堆，山顶千门次第开。

一骑红尘妃子笑，无人知是荔枝来。

这是咏叹唐玄宗和杨贵妃在骊山华清宫奢华生活的一个侧面。杨贵妃喜欢吃荔枝，长安不产，只能从四川运来。为了保鲜，就由人骑马一站一站日夜飞驰递送，劳民伤财，往往跑得人僵马毙。正因为统治者这样奢靡，导致内政不修，发生安史之乱，唐朝几乎灭亡。杜牧诗表达了讥刺、否定，兼有提醒后人记取历史教训之意，意在言外，没有说出，但读者都能领会，这是好诗。也有另外情况，有的诗人愿意把思想直接说出，如同是写向杨贵妃贡荔枝一事的苏轼的《荔枝叹》就有“我愿天公怜赤子，莫生尤物为疮痏（wěi）。雨顺风调百谷登，民不饥寒为上瑞”等讲道理的议论，同样也是招人读的好诗。当然这类议论必须同形象的描绘融在一起才行，全是空洞的议论不成为诗。

为了熟悉和掌握古典诗词的表现手法，在读一定数量诗词的基础上，还有必要浏览一点《诗话》《词话》一类的书，如严羽的《沧浪诗话》、袁枚的《随园诗话》、王国维的《人间词话》等等。这类书对历代诗人诗作的风格、流派、艺术手段、作品优劣等都有评论。这些书中的说法见仁见智，未必都正确，但作者都是这方面的行家，往往有精到的见解给人以启迪。

怎样才算真正读懂一首诗词？实际并没有一个绝对

的标准。古人说“诗无达诂”，这原是指《诗经》说的，因《诗经》流传年代太久，各家解释纷纭不一，没有绝对权威的解释。后来因为许多诗歌常用隐喻、比拟、象征、讽喻等手法，意义不是丁是丁卯是卯那么确定，又把这句话用于一切诗歌。同一首诗，由于读者的经历、思想方法、价值观念、艺术趣味的不同，理解上出现差异是常见现象。在这类问题上，无法求统一，也不必求统一。为更深入地理解诗词，要细读，一目十行不行，须如嚼橄榄，反复品味。常说“读书百遍，其义自见”，这话用于诗词尤其合适。

为学习和欣赏诗词，背诵一些好诗词是十分必要的。如同牛吃草一样，先咽入瘤胃，再移入网胃，得暇时再在口腔细细咀嚼。好的诗词咀嚼起来滋味无穷。有的生理学家说，背诵诗文可增强记忆力，防止记忆力退化。果真如此，更是一举两得，何乐而不为呢？